Sienna

1. Gabrielle

Szenario
Stephen DESBERG
Philippe Emmanuel FILMORE

Zeichnungen
CHETVILLE

Farben
Tom BOA

© DR

STEPHEN DESBERG BEGINNT MIT DEM SCHREIBEN VON GEZEICHNETEN GESCHICHTEN 1976 MIT KURZGESCHICHTEN FÜR DAS MAGAZIN TINTIN. AB 1980 GEWÄHRLEISTET ER DIE KONTINUITÄT DER ABENTEUER VON *HARRY UND PLATTE*, GEZEICHNET VON WILL IN SPIROU, DANN ERSCHAFFT ER NACH UND NACH DIE CHARAKTERE VON *421, BILLY THE CAT, MIC MAC ADAM* UND *JIMMY WYNBERG*. 1989 UND 1990 VERÖFFENTLICHT ER ZWEI ALBEN BEI DUPUIS: *DER GARTEN DER LÜSTE* UND *DER 27. BUCHSTABE*. AB 1996 FOLGT MIT BERNARD VRANCKEN *LE SANG NOIR* UND *IR$*. NEBEN SEINEN ANDEREN GROSSEN ERFOLGEN KANN MAN INSBESONDERE *BLACK OP, DER STERN DER WÜSTE, DER SKORPION* UND *EMPIRE USA* ERWÄHNEN. NACH *TOSCA* UND *DIE UNSTERBLICHEN* LIEGT MIT *SIENNA* BEREITS SEINE DRITTE SERIE BEI EPSILON VOR.

© Laurent Mélikian pour Bamboo Édition

NACH WIRTSCHAFTSSTUDIEN IN BELGIEN UND EINEM MBA IN FRANKREICH BEGINNT **PHILIPPE-EMMANUEL** EINE INTERNATIONALE KARRIERE IN DER BANK UND DANN IN DER INDUSTRIE. DIESE AKTIVITÄT GIBT IHM DIE GELEGENHEIT, DIE WELT ZU BEREISEN. DIE GELEGENHEIT ALS BERATER ZU ARBEITEN ERLAUBT IHM, SEINE ZEIT BESSER EINZURICHTEN UND SEINEN JUGENDTRAUM ZU VERWIRKLICHEN: DAS SCHREIBEN VON SZENARIOS VON GEZEICHNETEN GESCHICHTEN.
ALS KOAUTOR MIT SEINEM BRUDER STEPHEN DER REALISTISCHEN SERIE *SIENNA* ZÖGERT ER NICHT FLÜGGE ZU WERDEN, INDEM ER EINE SERIE KREIERT, DIE AUF SEINER WAHREN LEIDENSCHAFT MIT DEM GOLFSPIELEN BASIERT.

© DR

CHETVILLE WURDE 1960 IN ALGERIEN GEBOREN UND WOHNT IN SAÔNE-ET-LOIRE. NACH STUDIEN DER SCHÖNEN KÜNSTE VON ROUEN VERÖFFENTLICHT DENIS MÉREZETTE GENANNT CHETVILLE EINIGE SEITEN IN GRAFISCHEN MAGAZINEN (VÉCU, TINTIN...), DANN ÄNDERTE ER SEINEN KURS. ER ARBEITET VIELE JAHRE LANG IN DER TEXTILBRANCHE UND REALISIERT DIE LOGOS UND DESIGNS ZAHLREICHER KLEIDUNGSMARKEN. 2005 KEHRT ER ZU SEINER ERSTEN LIEBE ZURÜCK UND ZEICHNET *SAM LAWRY* 3 BIS 6 UND *SIENNA* NACH EINEM SZENARIO VON DESBERG.

Umschlagskolorierung: Cyril Saint Blancat

SIENNA
1+2

GABRIELLE

Langer Rehm 29 • D-25785 Nordhastedt
Tel 04804 186628 • Fax 04804 186631
epsilongrafix@web.de
www.epsilongrafix.de
Übersetzung, Lettering, Herstellung: Mark O. Fischer
Druck und Bindung: Drogowiec
1. Auflage Oktober 2012
ISBN 978-3-86693-146-6

LA PAZ, HÖCHSTE HAUPTSTADT DER WELT.
DREI UHR MORGENS.

EL BARON

makita
Por un
Mejor Futuro

EL BARON
PACENA
ASESINO
DEL PUEBLO

PEDRO, DU ÜBERTREIBST...

EINS ZWEI, DREI...
BAM!
2

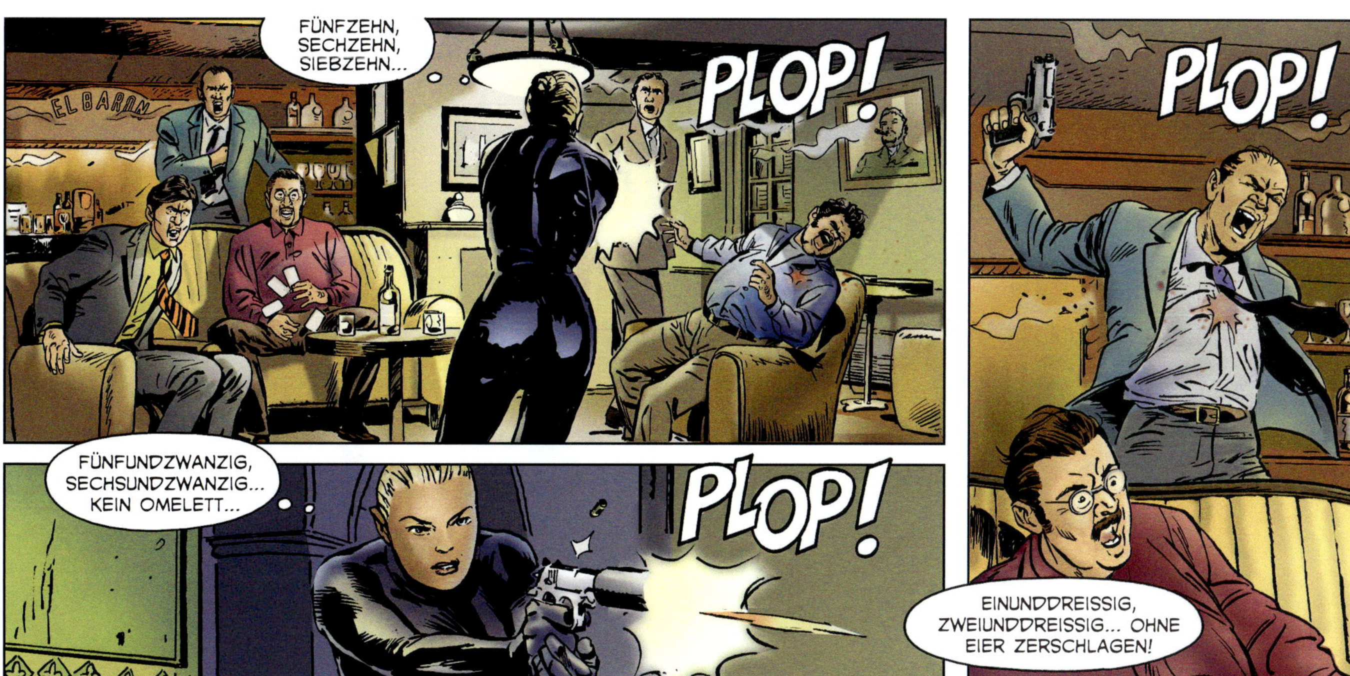
FÜNFZEHN, SECHZEHN, SIEBZEHN...
PLOP!
PLOP!
EINUNDDREISSIG, ZWEIUNDDREISSIG... OHNE EIER ZERSCHLAGEN!

FÜNFUNDZWANZIG, SECHSUNDZWANZIG... KEIN OMELETT...
PLOP!

DREIUNDVIERZIG, VIERUNDVIERZIG...
TAK!
TAK!
FÜNFUNDVIERZIG, SECHSUNDVIER-ZIG...

SIEBEN-UNDVIERZIG, ACHTUND-VIERZIG...
BLAM!

Finder File Edit View Go Window Help
Societad SMOLDES
Plan de restructuration
BC
CONSULTING DEVELOPMENT
3

DOWNTOWN, LA PAZ.

8:00 MORGENS.
SONY

SMOLDES

ICH BIN HIER, UM IHNEN DEN UMSTRUKTURIERUNGSPLAN VORZUSTELLEN, DEN WIR UMSETZEN WERDEN. WIE SIE WISSEN, HAT BRAIN CAPITAL DIE KONTROLLE IHRER GESELLSCHAFT ÜBERNOMMEN, UM IHR WACHSTUM ZU GEWÄHRLEISTEN.

BRAIN CAPITAL BEABSICHTIGT, EINEN STARKEN MEHRWERT DIESER INVESTITION UMZUSETZEN. DAS WIRD EINIGE OPFER ERFORDERN.

Economic growth
GDP, percent change
2
1980
1990
2000
EINS ZWEI...

VIELE POSTEN MÜSSEN ABGESCHAFFT WERDEN.
DIE GEHÄLTER WERDEN NACH UNTEN KORRIGIERT.
ZEHN, ELF...

DIE VERTRIEBSAKTIVITÄT DER VERTRETER WIRD ABGESCHAFFT WERDEN MÜSSEN. TUT MIR LEID, HERR MARTINEZ. ICH WERDE SIE UM IHRE SOFORTIGE KÜNDIGUNG BITTEN MÜSSEN.
EINUNDZWANZIG, ZWEIUNDZWANZIG... KEIN OMELETT...
4

WIE KÖNNEN SIE ES WAGEN? ICH BIN SEIT DREISSIG JAHREN HIER UND...

DREIUNDVIERZIG, VIERUND-VIERZIG... OHNE EIER ZERSCHLAGEN!

WAS SIE BETRIFFT, BE-RUHIGEN SIE SICH.

12
8
4
99 00 01 02 03
SIE WERDEN DIE GELEGENHEIT BEKOMMEN TEILZUHABEN. UND WENN SIE UNSERE INSTRUKTIO-NEN BUCHSTABENGETREU AUS-FÜHREN, KÖNNEN SIE HOFFEN, IHREN ANTEIL MIT ZEHN ODER MEHR ZU MULTI-PLIZIEREN.

NEUNUNDFÜNFZIG, SECHZIG.

UND DANKEN SIE DEM GROSSEN AMERIKANISCHEN BRUDER FÜR SEINEN WILLEN, DEN UNTERNEHMEN UNSERES LANDES IN SCHWIERIGKEITEN ZU HILFE ZU KOMMEN...

ERLAUBEN SIE MIR, IHNEN DEN SCHLÜSSEL DER STADT VON LA PAZ ZU ÜBERREICHEN...
DER SOGENANNTE SCHLÜSSEL UNTER DER FUSSMATTE!
5

SEIT DREI JAHREN FÜHRE ICH NUN DIESES DOPPELLEBEN.
EINS FÜR MEINE GESELLSCHAFT, DAS ANDERE FÜR MEIN LAND.

EIN VON DER REGIERUNG SEIT LANGEM GESUCHTER TERRORIST IST TOT AUFGEFUNDEN WORDEN, AN EINEM ÖFFENTLICHEN PLATZ VON LA PAZ, IN BOLIVIEN.
CNN

BRAIN CAPITAL UND DIE CIA.

ICH TRAGE DENSELBEN NAMEN IN DER STADT WIE IM TOD. SIENNA MANDEVILLE.

SIENNA FÜR MEINE ELTERN, DIE MICH VOR 26 JAHREN IN EINER DER SCHÖNSTEN KIRCHEN VON NEU-ENGLAND GETAUFT HABEN.
Majestic
VOGUE
BLACK MAGIC

MANDEVILLE FÜR MEINEN LIEBEN EHEMANN, DER KEINE AHNUNG VON MEINEN HEIMLICHEN TALENTEN HATTE.
WELCOME to NEW YORK

SEIT UNSERER HOCHZEIT IM LETZTEN JAHR WAR ES NICHT OFT VORGEKOMMEN, WEIT WEG VON CHARLES ZU SEIN.
Elevator to
Long Term
Parking Area C
6

MANCHMAL SCHAUDERTE ICH, WENN ICH MICH FRAGTE, WAS CHARLES VON MEINEN GEHEIMEN MISSIONEN IM DIENST DER REGIERUNG DENKEN WÜRDE.

WAS MICH NOCH MEHR NACH DER WÄRME SEINER ARME VERLANGEN LIESS. ZWEIFELLOS HABE ICH DESHALB AN DIESEM TAG BESCHLOSSEN, DIE FAHRT ZU MEINEM BÜRO IN MANHATTAN ZU ANNULLIEREN.

UM FRÜHER NACH HAUSE ZURÜCKKEHREN ZU KÖNNEN. IN UNSER HAUS!

EIN TOAST AUF UNSEREN SIEG!

WIR FEIERTEN DIE ZAHLUNG EINES KUNDEN IM RESTAURANT VOR DEM KABINETT.

DIE ZIVILKLAGE SCHÖPFTE AUS DEM VOLLEN, WAHRE MARKTSCHREIER DER RECHTE!
DAS KANNST DU LAUT SAGEN! UND DASS ICH ES DIR IM POLITISCHEN RICHTIG GEBE UND DIR IN DER SERENADE DES PATRIOTISMUS ÜBERLEGEN BIN, DEM "WAHREN" DURCH DIE UNANGENEHME SUB-VERSIVE LINKE BEDROHTEN WERT!

DIESE KLÄGLICHE REAKTIONÄRE RECHTE VERLEIHT SICH DAS MONOPOL DER MORAL DES GUTEN RECHTS.
BITTE NOCH EINE FLASCHE OPUS ONE!

OK, EINIGE UNSERER KUNDEN FÜHLEN NICHT IMMER SEHR GUT. WIR VERTEIDIGEN AUCH MÖRDER UND DROGENHÄNDLER... ABER...
Baby Arugala · 10.00
Fettuccini 21.0
Tagliatelle with
Ravioli ZUCCA
Chicken Coesar Salad · 18.0
Chicken · 22.00
Fish · 23.00

... DANK DESSEN HABEN WIR AUCH DAS GELD, UM JENEN ZU HELFEN, DIE DAVON NICHTS HABEN!

OH! HEILIGE GABRIELLE, MUTTER ALLER UNGLÜCK-LICHEN, PASS AUF UNS AUF!
DU HAST SICHER RECHT, GABRIELLE. WIR SIND DIE GUTEN. SIE SIND DIE BÖSEN. ES TUT GUT, SICH DAS VON ZEIT ZU ZEIT ZU SAGEN!

ICH HATTE KEINE ABSICHTEN. ES IST NICHT MEINE ART, MIT MÄNNERN ZU PLANEN.
Pasta
Mezzaluma.19.00
Fettuccini 21.0
Tagliatelle with
Ravioli ZUCCA
Entrees
Chicken · 22.00
Fish · 23.00
8

ABER ES WAR MIR SELBSTVERSTÄNDLICH UNMÖGLICH IHN NICHT WIEDERZUERKENNEN.

FÜR DEN REST... SAGEN WIR, DASS ICH IHN IMMER VERFÜHRERISCH GEFUNDEN HABE. NICHT AUSSERGEWÖHNLICH, ABER... JA, VERFÜHRERISCH.

KURZ GESAGT HAT CHARLES MANDEVILLE MICH AUCH WIEDERERKANNT. ER HAT BEGONNEN, MICH ANZUBAGGERN UND...

ICH HABE DIE EINLADUNG AKZEPTIERT.

VERLANGEN. HAST. DRINGLICHKEIT. DARAUF LÄUFT ES HINAUS.

DER TEIL ZWISCHEN DEN BEINEN IN DER LUFT STAND UNTER DRUCK UND ES WAR NOTWENDIG, DASS ICH MICH EIN WENIG INVESTIERE, UM DAVON EIN GANZ KLEIN WENIG VERGNÜGEN ZURÜCKZUBEKOMMEN.

ZUM SCHLUSS HAT ES SICH SOGAR IN DIE LÄNGE GEZOGEN.

UND ICH MUSSTE, INDEM ICH AN DIE GUTEN MOMENTE DES URTEILS DACHTE, MICH GEDULDIG IM GERICHT EINRICHTEN.

ABER GUT, DU KENNST DAS, ES IST SPÄT UND ICH HABE MORGEN EINEN HARTEN ARBEITSTAG...

WIR HABEN EINEN GROSSEN MOMENT ZUSAMMEN VERBRACHT.

HALT...

BLOSS NICHTS LIEGEN LASSEN!

NEIN, ICH HABE MEINE TASCHE NICHT AUF DEM SOFA LIEGEN LASSEN. MEINE TASCHE MIT MEINEN SACHEN. UND VOR ALLEM MEINER ADRESSE!

ICH HÄTTE SORGSAMER SEIN SOLLEN. ABER ICH HATTE DEN KOPF WOANDERS.

DAS MACHT WIE VIELE JAHRE, GABRIELLE? DREI JAHRE?

DU KANNST NICHT WISSEN, WIE SEHR DU MIR NICHT GEFEHLT HAST!

DU HAST KEINE AHNUNG...

... WIE SEHR ES GEGENSEITIG IST!
HA?!

AA!

OUCH!

12

UM DIESE STUNDE MUSS DAS FLUGZEUG VON SIENNA AM JFK GELANDET SEIN.
TiiT TiiT

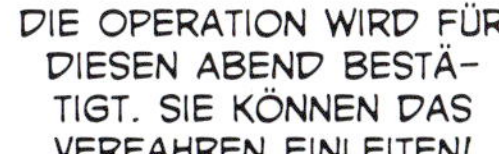
DIE OPERATION WIRD FÜR DIESEN ABEND BESTÄTIGT. SIE KÖNNEN DAS VERFAHREN EINLEITEN!

ICH KANN NICHT MEHR ZURÜCK, SIENNA. ES TUT MIR LEID.

ICH MUSS DICH LEIDER BETRÜGEN. ABER ICH GLAUBE, DU WEISST, DASS ICH DICH WIRKLICH LIEBE. AUF MEINE ART.

BLIP BLIP
JETZT IST ES AN UNS BEIDEN DAS ZU KLÄREN, CHARLES...

WENN ES DIESES DUMME BLAU AUF MEINEM GESICHT NICHT GÄBE, KÖNNTE ICH FAST SAGEN, DASS ICH MICH MEHR MIT DIR ALS MIT DEINEM EHEMANN AMÜSIERT HABE, SIENNA.

OFFEN GESAGT KANNST DU ES FÜR DICH BEHALTEN!

13
JA, ICH VERSTEHE. HERITAGE HOTEL, ZIMMER 352. ICH KÜMMERE MICH DARUM. WIRD GEMACHT!

DAS FÜNFTE MAL. DIE FÜNFTE NACHTMISSION.

MAN SAGT, DASS MAN SICH MIT DER ZEIT DARAN GEWÖHNE. AN DEN LÄRM DER KUGELN, DIE IN DIE HAUT EINDRINGEN.

AN DIE BLUTFLECKEN, DIE SICH AUF DER KLEIDUNG AUSBREITEN.

DESHALB ZIEHE ICH DIE INJEKTIONEN VOR, WENN ES MÖGLICH IST. EINE SPRITZE. EIN STÜCK HAUT. NICHTS ZU HÖREN, NICHTS ZU SEHEN.

UND ALLES AUF ZAHLEN ZU REDUZIEREN. ZIMMER 352. FÜNFTE MISSION. EIN JAHR EHE.

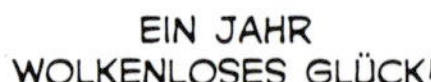

ICH HABE DIE SCHEIDUNG IN BETRACHT GEZOGEN, NATÜRLICH.

MAN SAGT, DASS MAN SICH AUCH DARAN GEWÖHNE. AN DIE UNTREUE. ICH WILL NICHT DARAN GLAUBEN. NICHT NACH ZWÖLF MONATEN EHE. UND SICH DANN SCHEIDEN LASSEN, UM UNSER VERSAGEN EINZUGESTEHEN.

CHARLES HATTE WAHRSCHEINLICH EINEN GRUND.
DAS EINFACHSTE WAR ZWEIFELLOS, IHN AUCH ZU BETRÜGEN.

ROBERTO SOLIS, DER DEAN* VON YALE, IST GESTORBEN. MAN HAT IHN TOT IN SEINEM ZIMMER AUFGEFUNDEN. HERZANFALL!

SOLIS? DAS KANN NICHT WAHR SEIN!

16

DIE GANZE UNIVERSITÄT IST IN TRAUER. DAS BEGRÄBNIS WIRD ÜBERMORGEN IN YALE STATTFINDEN!

* DEAN: RANGÄLTESTER

ROBERTO WAR WIRKLICH EIN GUTER MANN. FÜR UNS ALLE, DIE IHN GEKANNT HABEN, WAR ER DAS BEISPIEL VON EINEM LEBEN, DAS DEN ANDEREN GEWIDMET WAR...

... IM STREBEN NACH ERKENNTNIS UND SOZIALER GERECHTIGKEIT.

ICH MUSS ALSO DARAUS FOLGERN, MILLER, DASS SIE UNFÄHIG SIND, MIR ZU ERKLÄREN, WAS EIN PSA IST?

WENN SIE IM MERCEDES FAHREN, DEN IHR VATER IHNEN GEGEBEN HAT, MILLER, DANN GEWISS DANK DER ZAHLREICHEN PSA, DIE ER UNTERZEICHNEN MUSSTE.
SEHEN SIE... ICH BIN ÜBERZEUGT, DASS... SIENNA SIE WIRD AUFKLÄREN KÖNNEN. SIENNA?

EIN PSA IST EIN... EIN PROFIT SHARING AGREEMENT.

FAHREN SIE FORT, SIENNA. UNSER FREUND MILLER IST BEGIERIG, ENDLICH ETWAS ZU LERNEN. VIELLEICHT HABEN SIE MEHR ERFOLG ALS ICH.

ES SIND ZUM BEISPIEL VERTRÄGE, DIE VON DEN GROSSEN ÖLGESELLSCHAFTEN MIT DEN LÄNDERN DER OPEC UNTERZEICHNET WURDEN, UM DIREKTEN ZUGANG ZU DEN GEWINNEN ZU HABEN, OHNE NOMINELL EIGENTÜMER DER RESERVEN ZU SEIN.
HERVORRAGEND. NICHT NUR DIE ANTWORT IST VOLLKOMMEN, SIE HABEN SOEBEN AUCH EINE BEMERKENSWERTE DEMONSTRATION DER GESCHÄFTSWELT GEHABT, WIE SIE SIE ERWARTET.

WENN SIE NICHT AUF DER HÖHE SIND, WIRD SICH SOFORT JEMAND FINDEN, UM SIE ZU ZERMALMEN UND SIE AUS SEINEM WEG ZU RÄUMEN!
17

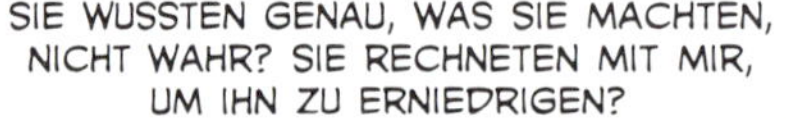
SIE WUSSTEN GENAU, WAS SIE MACHTEN, NICHT WAHR? SIE RECHNETEN MIT MIR, UM IHN ZU ERNIEDRIGEN?

ICH RECHNETE MIT DER TATSACHE, DASS SIE SIE SELBST WÄREN, SIENNA. EINE DER BESTEN... WENN NICHT GAR DIE BESTE STUDENTIN DIESER PROMOTION.

DIE KLEINE LEKTION WAR NICHT FÜR MILLER. MILLER KÜMMERT MICH NICHT. SIE WAR FÜR SIE BESTIMMT, SIENNA.

SIE HABEN EIN AUSSERGEWÖHNLI-CHES POTENZIAL, MAN MUSS SIE NUR DAVON ÜBERZEUGEN. DIE INTELLIGENZ, DIE SIE HABEN, IST BRILLANT.

WAS IHNEN FEHLT, IST... EIN WENIG EMOTION. BETRACHTEN SIE DIE WELT, OHNE GLEICH ALLES ZERMALMEN ZU WOLLEN.

OHNE DAS WERDEN SIE IN EINEM GROSSEN EXPERTENBÜRO ENDEN ODER PARTNER IN EINEM HAUPTINVESTMENTFONDS. SIE KÖNNEN VIEL WEITER GEHEN, SIENNA!

ROBERTO SOLIS WAR EIN GERECHTER MANN, AUFRICHTIG, VOLLER LEIDENSCHAFT, WAS ER GLAUBTE, TIEF IN JEDEM UNTER UNS ZU SEHEN...

... UNTER DEN REICHSTEN UNSERER STUDENTEN WIE BEI DEN BENACHTEILIGTESTEN...

KÖNNT IHR MIR SAGEN, WO SICH DAS BÜRO DES PROFESSORS SOLIS BEFINDET?
18

ICH DENKE NICHT, DASS DU EINEN PROFESSOR SUCHST. ES IST IN DER KANTINE, WO SIE DIE SERVIERERINNEN VERPFLICHTEN.

DU KANNST ES AUCH IM WALMART AUF DER ANDEREN SEITE DES CAMPUS VERSUCHEN.
IN DER KLEINEN KASSIERERIN-UNIFORM WIRST DU BESTIMMT ENTZÜCKEND AUSSEHEN...

VRROAR
BONG!

DU WIRST DEINEM PAPA SAGEN, DASS ES MIR LEID TUT, SEIN SCHÖNES AUTO LEICHT ANGEKRATZT ZU HABEN.

ICH HABE DIE TESTS ABGELEGT, UM DIE SIE MICH GEBETEN HATTEN, ALS WIR UNS AM TELEFON GESPROCHEN HABEN.
ICH WEISS. IHRE ERGEBNISSE SIND HIER UND SEHR GUT.

ABER IN YALE IST DAS EINE KLEINIGKEIT. WIR LEBEN HIER IN EINER SO WETTBEWERBSORIENTIERTEN UMGEBUNG, DASS MAN NIEMANDEM VERTRAUEN KANN.
ICH BIN HIERHER GEKOMMEN, UM EINER FREUNDIN EINEN GEFALLEN ZU TUN. WETTBEWERB INTERESSIERT MICH NICHT.

DANN SPAREN SIE SICH VIEL UNNÖTIGES LEID, WENN SIE SOFORT DIE IDEE AUFGEBEN, IN YALE ZU STUDIEREN.
WAS HABEN SIE IM SINN? EINE STELLE ALS SERVIERERIN IN DER KANTINE ODER ALS KASSIERERIN IM WAL-MART?
19

SIE WISSEN, ES GIBT HERVORRAGENDE STAATLICHE UNIVERSITÄTEN. WELCHES STUDIUM HATTEN SIE IN BETRACHT GEZOGEN?
JURA. ABER VERGESSEN SIE ALL DAS.
ES WAR EIN VERGNÜGEN, IHNEN ZU BEGEGNEN, PROFESSOR SOLIS.

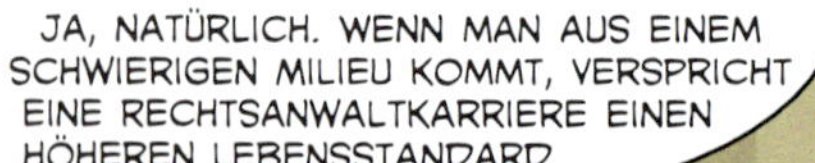
JA, NATÜRLICH. WENN MAN AUS EINEM SCHWIERIGEN MILIEU KOMMT, VERSPRICHT EINE RECHTSANWALTKARRIERE EINEN HÖHEREN LEBENSSTANDARD.

TUT MIR LEID, SIE ZU ENTTÄUSCHEN. ICH MACHE MICH ÜBER DAS GELD LUSTIG, PROFESSOR.
WAS IST ES DANN?

DAS WÜRDEN SIE NICHT VERSTEHEN.
ES GEHT UM EINE RIESIGE SCHULD IM NAMEN MEINER FAMILIE. UM DIESE WUT, DIE IN MIR AUFBRAUST, DIE MICH ZWINGT, MICH FAST GEGEN MEINEN WILLEN ZU SCHLAGEN!

SICH ZU SCHLAGEN... WOFÜR?
VON EINER GROSSEN UNIVERSITÄT ZU KOMMEN WÄRE MEIN GLÜCK ANGEHÖRT ZU WERDEN. ICH HABE BEGRIFFEN, DASS MAN DIE WELT NICHT NUR MIT GUTEN ABSICHTEN VERÄNDERN KANN.
WELCOME TO YALE UNIVERSITY

SIE WOLLEN... DIE WELT VERÄNDERN, GABRIELLE?
ICH WILL VOR ALLEM MIR BEWEISEN, DASS ICH MICH GEÄNDERT HABE. DAMIT ICH NIE MEHR WIEDER WERDE, WAS ICH VORHER WAR!

ICH MUSS ZUGEBEN, DASS DIESE ERGEBNISSE AUSSERGEWÖHNLICH BRILLANT SIND. FANGEN WIR NOCH MAL VON VORNE AN?
?

ROBERTO, WIR WISSEN, DASS DU JETZT AN DER SEITE DES HERRN BIST...

... DASS DEIN KAMPF BEENDET IST, UND DASS...
UND DASS ES DAFÜR ALLERHÖCHSTE ZEIT WAR!
20

SOLIS HAT DIESER UNIVERSITÄT GENUG SCHADEN ZUGEFÜGT. WIR WERDEN NICHT HEUCHELN, INDEM WIR SEIN ABLEBEN BEWEINEN!
WIE... WIE KÖNNEN SIE ES WAGEN, DAS ANDENKEN EINES TOTEN... AM SELBEN TAG SEINES BEGRÄBNISSES ZU ENT-WEIHEN!?

DAS ANDENKEN! WELCHES ANDENKEN? SOLIS WAR EIN GEFÄHRLICHER MANN.

EIN FANATISCH NOSTALGISCHER LINKER DER GROSSEN KOMMU-NISTISCHEN EPOCHE!
CHARLES, WER SIND DIESE TYPEN?

GLÜCKLICHERWEISE WAREN SKULLS AND BONES WACHSAM. SKULLS AND BONES HAT SEINE UNTERSUCHUNG DURCH-GEFÜHRT!
IHR VERHALTEN IST INAKZEPTABEL. SIE SIND HIER AUF EINEM FRIED-HOF UND NICHT AUF EINER POLITISCHEN BÜHNE...
SKULLS AND BONES ?!...

KORREKTUR, PASTOR: WIR SIND AN DER YALE. MITTEN IM HERZEN DER POLITIK.

IST ES NICHT SO, HERR GOODRICH? WO SIND SIE, HERR GOODRICH?

HAAA! HERR GOODRICH!
UNSER GUTER PROFESSOR FÜR POLITISCHE WISSENSCHAFTEN, EINGEFLEISCHTER GEGNER DES KAPITALISTISCHEN SYSTEMS.

UNTERHALTEN SIE KEINE ENGEN VERBINDUNGEN MIT LYBIEN, VENEZUELA UND KUBA AUF KOSTEN UNSERER UNIVERSITÄT?
21

UND SIE, HERR IBRAHIM...
LASSEN SIE MICH IHNEN IBRAHIM VORSTELLEN, PROFESSOR DER MUSLIMISCHEN ZIVILISATIONEN.

NAH DEN ISLAMISTISCHEN KREISEN UND ENGER FREUND VON SOLIS, HAT HERR IBRAHIM DIE LETZTEN ZWÖLF MONATE NICHT WENIGER ALS 5 REISEN NACH PAKISTAN, SYRIEN UND IN DEN IRAN UNTERNOMMEN.

ALLES FINANZIERT VON DIESER UNIVERSITÄT. WIR WÜRDEN GERNE WISSEN, ZU WELCHEM ZWECK!
KANN DENN NIEMAND DIESEN RÜPEL ZUM SCHWEIGEN BRINGEN?!!
ES IST EINE SCHANDE!
CHARLES, BITTE. DU MUSST ETWAS MACHEN!

HIER SCHLIESSLICH HERR SPADE.
KÖNNTEN SIE UNS ERKLÄREN, HERR SPADE, WARUM SIE UND SOLIS DIE PROTOKOLLE UND DIE VERWALTUNG DER FONDS DER UNIVERSITÄT REFORMIERT HABEN?

ICH WERDE IHNEN NICHT ERLAUBEN DAS ANDENKEN...
... DAS ANDENKEN, HERR SPADE? MIT DIESEN FONDS WAREN SIE UND SOLIS AM KOPF EINES ECHTEN KRIEGSSCHATZES.

SIE KÖNNEN SICH VORSTELLEN, DASS SIE VON NUN AN JEDE KLEINSTE IHRER AUSGABEN WERDEN RECHTFER...
DAS REICHT JETZT, CROYDON! ICH HABE GENUG GEHÖRT!

ICH WERDE SIE NICHT LÄNGER DAS ANDENKEN EINES MANNES ENTWEIHEN LASSEN, DER KÖRPER UND SEELE UNSERER UNIVERSITÄT GEWIDMET HAT!

SIE TRAGEN IHRE ANSCHULDIGUNGEN VOR, DIE AUF TRÜGERISCHEN UND RASSISTISCHEN ÜBERLEGUNGEN BASIEREN, UND ES IST NICHT SOLIS, SONDERN DIE EHRE VON YALE, DIE SIE BESCHMUTZEN. UND DAS WERDE ICH NICHT TOLERIEREN!
22

UM DIE EHRE DIESER UNIVERSITÄT WERDEN WIR UNS KÜMMERN, GLAUBEN SIE MIR!

DER ZEITPUNKT WAR GEWISS ENTSETZLICH GEWÄHLT, ABER... SIE MÜSSEN ZUGEBEN, DASS DIESE FRAGEN VERDIENTEN GESTELLT ZU WERDEN, HERR MANDEVILLE.

SO SCHNELL WIE MÖGLICH WIRD EIN NEUER DEAN GEWÄHLT. ER WIRD DIE AUFGABE HABEN, DIE AUFGABE ALLER DEANS VOR IHM FORTZUSETZEN.

DARAUF ZU ACHTEN, DASS YALE EIN LEUCHTTURM FÜR DIE GANZE NATION IST. EINE INSTITUTION, DIE SEIT JAHRHUNDERTEN AN DIE WAHREN WERTE UNSERES LANDES ERINNERT. DIE BILDUNG LÄSST DEN MENSCHEN WACHSEN.

WENN ROBERTO SOLIS UNS EINE BOTSCHAFT HINTERLIESS, IST ES DIESE: DIE WAHRHEIT IST IN JEDEM VON UNS. DIE SOLIDARITÄT IST DER SCHLÜSSEL, UM ALL UNSERE ÜBEL ZU BEWÄLTIGEN!

CLAP
CLAP

CLAP CLAP
CLAP CLAP

23

"WENN SOLIS UNS EINE BOTSCHAFT HINTERLIESS, DANN DIE, DASS DIE WAHRHEIT IN JEDEM VON UNS IST!" DAS SOLLTE MAN SENDEN, WAS? HA HA!

HE?!

VROAW

SIENNA, WAS IST IN DICH GEFAHREN? DU HAST UNS FAST...

DIE SCHÖNE BLONDINE, WER WAR DAS, CHARLES? EINE NEUE EROBERUNG?
EINE... BLONDINE? ICH SEHE ÜBERHAUPT NICHT, WAS... DU SAGEN WILLST!

DU SIEHST NICHT, ABER ICH HABE EUCH GESEHEN! HAST DU BEREITS MIT IHR GESCHLAFEN ODER WAR ES NUR, UM DICH MIT IHR ZU VERABREDEN?
SIENNA, ICH BITTE DICH. ICH WÄRE UNFÄHIG, DIR SO ETWAS ANZUTUN. W...

WILLST DU WIRKLICH ÜBER LAURIE MULLINS SPRECHEN? DIE SEKRETÄRIN VON...
HÖR AUF DICH ÜBER MICH LUSTIG ZU MACHEN! HÄLTST DU MICH WIRKLICH FÜR EINEN IDIOTEN? SIE HAT DIR VOR MEINEN AUGEN EINEN BRIEF GEGEBEN!

EINEN... BRIEF? NEIN, DU MUSST DICH TÄUSCHEN, ICH...
24

WER TÄUSCHT WEN, CHARLES? WIR HABEN ERST VOR KURZEM GEHEIRATET.
I... ICH SCHWÖRE DIR, DA IST NICHTS ZWISCHEN DIESEM MÄDCHEN... UND MIR!

DANN BEWEISE ES MIR! GIB MIR DIESEN BRIEF!

ICH... ICH BEDAUERE, SIENNA. ES GIBT KEINEN BRIEF.

"LIEBER CHARLES, ICH REGISTRIERE IMMER MEHR UNTERSTÜTZER FÜR IHRE KANDIDATUR FÜR DEN POSTEN DES DEAN DER UNIVERSITÄT. DIE DINGE KÖNNTEN NICHT BESSER LAUFEN. GLÜCKWÜNSCHE. UNTERZEICHNET: REVEREND ZAK KNIGHT."

ICH WOLLTE NOCH NICHT MIT DIR DARÜBER SPRECHEN, ABER... REVEREND KNIGHT IST MITGLIED EINER ZIEMLICH KONSERVATIVEN LOBBY IN WASHINGTON. EINIGE REPUBLIKANISCHE SENATOREN DENKEN, DASS ICH DER MANN DER STUNDE IN YALE SEIN KÖNNTE.

ABER WISSE, DASS ICH DEN POSTEN NICHT AKZEPTIEREN WERDE... WENN DAS UNS TRENNEN KANN!
25

Shearman
Stern & Gottlieb LLP,
attorneys at Law.

GABRIELLE, EINE GEWISSE FRAU BLUM IST AM EMPFANG FÜR DICH. SIE SAGT, DASS ES DRINGEND SEI.

IRA, WAS FÜR EINE FREUDE DICH WIEDER-ZUSEHEN.
DU SIEHST NOCH BLENDEN-DER AUS ALS FRÜHER.
WAS VERSCHAFFT MIR DIE EHRE DEINES BESUCHS? ICH NEHME AN, DASS DU SEIT DEM TOD VON ROBERTO NICHT WIRKLICH DIE ZEIT FÜR EIN KAFFEEKRÄNZCHEN HAST.
DU HAST RECHT. DIE LETZTEN TAGE WAREN BESONDERS HART.
ALS VERANTWORTLICHE VERWALTERIN DER UNIVERSITÄT MUSSTE ICH DIE ÜBERGANGSPHASE ÜBERNEHMEN. UND DIE SITZUNG DES RATES FÜR DIE WAHL DES NEUEN DEAN VORBEREITEN.

GABRIELLE, ICH WEISS, DASS DU ROBERTO SEHR NAH STANDST, DER VON ANFANG AN DEIN COACH WAR.
FAST WIE EIN ADOPTIVVATER.
DESHALB KOMME ICH ZU DIR.

ICH BIN ÜBER-ZEUGT, DASS ROBERTO ERMORDET WORDEN IST.

ABER DIE POLIZEI HAT GESAGT, DASS ER AN EINEM HERZAN-FALL GESTORBEN IST!
ICH KENNE MICH MIT SO ETWAS NICHT AUS, ABER VIELLEICHT IST ES MÖGLICH JEMANDEN ZU TÖTEN UND IHM DEN ANSCHEIN EINES NATÜRLICHEN TODES ZU GEBEN.

SOLIS BEREITETE WICHTIGE ÄNDERUNGEN VOR. UMWÄLZUNGEN, DIE VIELEN MISSFALLEN KÖNNEN. ICH HABE TELEFONGESPRÄCHE ÜBERRASCHT. GABRIELLE, WICHTIGE FINANZIELLE GUTHABEN KÖNNTEN AUF DEM SPIEL STEHEN.

IM NAMEN DER ENGEN FREUNDSCHAFT, DIE EUCH VERBUNDEN HAT, BITTE ICH DICH, NACH YALE ZURÜCKZUKOMMEN UND ZU VERSUCHEN AUFZUDECKEN, WESWEGEN MAN SOLIS AUS DEM WEG RÄUMEN WOLLTE!
26

ICH WAR WÜTEND AUF MICH SELBST. WÜTEND DARAUF, IN DIE FALLE DER EIFERSUCHT GETAPPT ZU SEIN.

ICH HÖRTE NICHT AUF, AN GABRIELLE UND AN DIESE BLONDE BEIM BEGRÄBNIS VON SOLIS ZU DENKEN. ICH KONNTE NICHT AUFHÖREN, SIE MIR IN DEN ARMEN VON CHARLES VORZUSTELLEN.

ICH GING SOGAR AUF DIE SUCHE NACH REVEREND ZAK KNIGHT IN DER LISTE DER KONSERVATIVEN LOBBYISTEN DER HAUPTSTADT. UND...

WIE EIN IDIOT MUSSTE ICH MICH SELBST DAVON ÜBERZEUGEN. MICH SELBST PEINIGEN, INDEM ICH IHN EINE ANDERE UMARMEN SAH.

ICH MUSSTE SICHER ZU SEIN, DASS ER DER LETZTE ABSCHAUM WAR. UM VIELLEICHT BEABSICHTIGEN ZU KÖNNEN, IHN ZU VERLASSEN.

SOLIS ERMORDET. ICH KONNTE ES NICHT GLAUBEN. EINER DER BESTEN DEANS, DIE YALE JE GEHABT HAT!

UND DOCH...

ICH GLAUBE, DASS WIR BEREITS DIE EHRE GEHABT HABEN, UNS AM BEGRÄBNIS ZU BEGEGNEN.

ICH IGNORIERE, WAS SIE IM BÜRO VON SOLIS SUCHEN. ABER WENN ER ETWAS INTERESSANTES HINTERLIESS...

WIRD ES GEWISS NICHT DORT SEIN!

EHER IN DEN GEHEIMEN ZIMMERN VON ROBERTO.
28

EINE REIHE SEIT LANGEM VERLASSENER STUDENTENZIMMER, WO WIR BESCHLOSSEN DIE WELT VERBESSERN ZU WOLLEN.

ES WAR DORT DANK DIESER UNTERHALTUNGEN, DASS MEINE ÜBERZEUGUNGEN SICH VERFEINERTEN... DIE BLINDE WUT GEGEN DIE UNGERECHTIGKEIT VERWANDELTE SICH IN MORALISCHE FELSENFESTE ÜBERZEUGUNGEN, AUF DENEN ICH MEIN LEBEN AUFBAUEN KONNTE.

ICH HATTE ANGST. ANGST, KEINEN WEITEREN VERRAT VERZEIHEN ZU KÖNNEN.

HE !

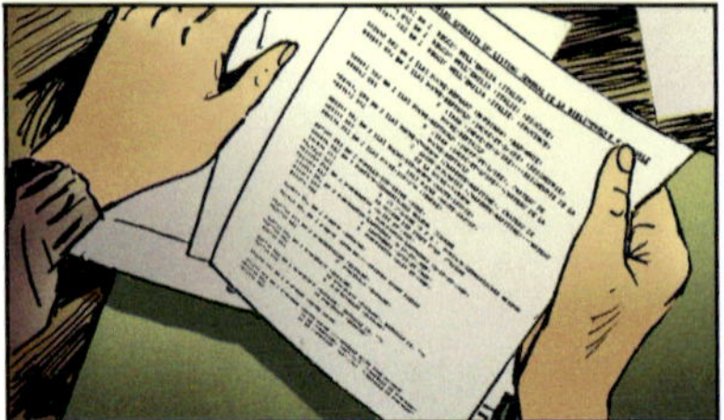

MEXIKO... LA PAZ... SIEHT AUS WIE CHIFFRIERTE PROJEKTE. UND DA... SPUREN VON ÜBERWEISUNGEN...

ALEXANDRIA, LAGOS... MANILA. ÜBERTRAGUNGEN VON BETRÄCHTLICHEN SUMMEN... UND OHNE WEITERE ERKLÄRUNG.

WAS HAT SOLIS...
?!

WAS SOLIS MIT DEM GELD DER UNIVERSITÄT ANGESTELLT HAT? SPANNENDE FRAGE, NICHT WAHR?

ICH WÜRDE GERNE WISSEN, WER SIE SIND, UND WARUM INTERESSIEREN SIE SICH FÜR DIESELBEN SACHEN WIE WIR?

WERDEN SIE ERWARTET? ODER HABEN SIE VIELLEICHT EINEN TISCH RESERVIERT?

VERZEIHUNG? OH! ... E... ENTSCHULDI-GEN SIE. ICH MUSS MICH IM ABEND GEIRRT HABEN...

CHARLES HAT EINE SITZUNG IM BÜRO ERFUNDEN... UM HIER REVEREND KNIGHT WIEDERZUTREFFEN!?

SIENNA MANDEVILLE ? HIER ?

ICH WEISS NICHT, WAS DU HIER SUCHST, ABER DU WIRST MIR ETWAS ZU NEUGIERIG...

GUTE ARBEIT. WIR BRAUCHTEN STUNDEN DAFÜR, HIMMEL UND ERDE IN BEWEGUNG ZU SETZEN, UM EINE SCHRIFTLICHE SPUR DER GEHEIMEN OPERATIONEN VON SOLIS ZU FINDEN!
IHR SEID ES, DIE IHN ERMORDET HABT, NICHT WAHR?

FÜR WEN HÄLTST DU UNS? WEISST DU NICHT, WER DIE SKULLS AND BONES SIND?
DIESE GEHEIMVERBINDUNG BESTEHT SEIT DER GRÜNDUNG UNSERER UNIVERSITÄT.

GROSSE MÄNNER HABEN DAZU GEHÖRT. PRÄSIDENTEN, GESCHÄFTSFÜHRER MULTINATIONALER UNTERNEHMEN. DIE ALTEN VON YALE SIND IMPLIZIERT IN ALLEN WICHTIGEN ENTSCHEIDUNGEN, DIE VON DEN MÄCHTIGEN DER WELT GEFÄLLT WERDEN.

FALLS DU AUCH BEGINNEN SOLLTEST, DIR FRAGEN HINSICHTLICH EINIGER NACHMITTAGE ZU STELLEN... DIE CHARLES MIT MIR VERBRINGT...

ICH GLAUBE, EINE KLEINE LEKTION WÜRDE DIR GUT TUN. ICH ZWEIFELE NICHT, DASS CHARLES MIR RECHT GIBT. ER GIBT MIR IMMER RECHT !

WIR SIND KEINE MÖRDER. UNSERE WERTE SIND EHRE, VATERLAND, DISZIPLIN, HINGABE!
ROBERTO HATTE EINE ART BRIEFÖFFNER... IRGENDEIN TEIL... FÜR DIE ALTEN BÜCHER...
UND FÜR DIESE WERTE WIRD UNSER NÄCHSTER DEAN KÄMPFEN.

NIEMAND WEISS, WER... DER NÄCHSTE DEAN SEIN WIRD.
ER WURDE BEREITS GEWÄHLT. UNTER DEN SKULLS AND BONES NATÜRLICH!

EHRE, VATERLAND, DISZIPLIN... UND EIN WENIG ZU SELBSTSICHER!
??!

HALTET SIE AUF!

WAS IST DARAN SO SCHWER?

MIT EINER FLASCHE WHISKY GEHT ALLES VIEL LEICHTER...

TUT MIR LEID, SKULLS AND BONES, AN MIR WERDET IHR EUCH DIE KNOCHEN BRECHEN !
HEY!
CRASH!

DAS MACHT KEINEN SINN. SOLIS STIRBT... UND CHARLES WIRD PLÖTZLICH DIE WAHL DER ULTRAKONSERVATIVEN, UM DER NEUE DEAN DER UNIVERSITÄT ZU WERDEN.

ER HAT MIR NIE GESAGT, DASS DAS EINE SEINER AMBITIONEN WAR...

??!
VRROOOAR
iiiii

VRRROOOOOOAARR

AA!

DIE BLONDE! D... DIE ASSISTENTIN VON KNIGHT!?

SO EINFACH KOMMST DU MIR NICHT DAVON!

ALEXANDER, WAS SOLLEN WIR TUN ?
SIE DARF AUF KEINEN FALL HIER RAUS KOMMEN !
MAL SEHEN. WENN MAN DAS LEBEN IN DEN ELENDSVIERTELN VON LOUISIANA LERNTE...

HAT MAN EINEN LEICHTEN VOR-TEIL...

... GEGENÜBER DEN KLEINEN KINDERN DER REICHEN IN NEU-ENGLAND!

BEI UNS IST ES EHER... EHRE, VATERLAND...
ARGH!
... ÜBER-LEBEN...

... UND FREIHEIT!
HALTET SIE AUF !
33

RROOAAR
iiii

NICHT SO SCHNELL. WIR BEIDE HABEN EINIGES ZU BESPRECHEN...

U... UND IHRE FRAU, CHARLES?
VON DER SEITE DROHT KEINE GEFAHR. SIE HAT IMMER NOCH KEINE AHNUNG.

ZUERST WIRST DU MIR SAGEN, OB DEINE INTERVENTION SENTIMENTAL IST... ODER NUR PROFESSIONELL!

RROOAAR
WROR

UND WENN SIENNA BEGINNT, ZU VIELE FRAGEN ZU STELLEN, CHARLES?
MACHEN SIE SICH KEINE SORGEN. ICH BIN ABSOLUT IN DER LAGE MEINE FRAU ZU KONTROLLIEREN.

AAAAH!

TRASH!
34

ICH NAHM AN, DASS ER ZU HAUSE IN YALE GESTORBEN IST. GANZ EINFACH.

WER HAT IHNEN ERLAUBT, HIER HINEINZUGEHEN? WER SIND SIE?

GABRIELLE CHEVALIER. WIR HABEN DIE GELEGENHEIT GEHABT, ZUSAMMEN AM FALL THORNTON ZU ARBEITEN, VOR EINIGEN WOCHEN, DOKTOR O' MALLY.

EINE BESONDERS UNHEIL VERKÜNDENDE AUTOPSIE. DER LEICHNAM WURDE SO SEHR VERSTÜMMELT, DASS MAN UNFÄHIG WAR ZU SAGEN, OB ES EIN MANN ODER EINE FRAU WAR. SAGEN SIE NICHT, DASS SIE NOCH SO EINEN FALL HABEN?

GIBT ES EINE METHODE, EINEN MORD WIE EINEN NATÜRLICHEN TOD AUSSEHEN ZU LASSEN? IM VORLIEGENDEN FALL EIN HERZANFALL?
SIE STÖREN MICH WEGEN EINEM HERZANFALL?

ICH MUSS ES WISSEN.
ELEMENTAR, DOKTOR WATSON. DIE ALS SELBSTMORDE GESCHMINKTEN MORDE, DIE ALS ABRECHNUNGEN VERKLEIDETEN MASSAKER, WO ZUM SCHLUSS JEDER GESTORBEN IST, SIND ALLTAG.

UND EIN HERZANFALL ?
MIT EINEM KLEINEN STICH DIGITOXIN, INTRAVENÖS INJIZIERT IST DER UNTERSCHIED UNMÖGLICH FESTZUSTELLEN.

SO EINFACH IST DAS?

DAZU EINE FINGERSPITZE 90%IGEN ALKOHOL. EIN REZEPT MEINER GROSSMUTTER. DANN KANN MAN DIE SPRITZE SOGAR WIEDERVERWENDEN!

ROBERTO SOLIS IST DURCH EINE FATALE INJEKTION GETÖTET WORDEN. ABER VON WEM? ...
FEDERAL DPT
MORGUE
36

SOLIS WAR TOT IN WASHINGTON AUFGEFUNDEN WORDEN. HERZANFALL IN SEINEM BETT.

DIE RENTABILITÄT UNSERER OPERATIONEN ERWEIST SICH ALS SCHWIERIGER ALS VORGESEHEN. IN DER TAT SCHEINT NUR EINE DER IN BETRACHT GEZOGENEN AKTIVITÄTEN FÄHIG, DIE ART VON ERTRAG ZU ERZEUGEN, DIE WIR ANVISIERTEN, DANK UNTERBEZAHLTER ARBEITSKRÄFTE.

UM DIE STELLE VON SOLIS IN YALE EINZUNEHMEN. ES WAR ABSURD.

DAS REISEBÜRO SELECT? GLORIA SMITH AM APPARAT, PRAKTIKANTIN AN DER UNIVERSITÄT VON YALE.

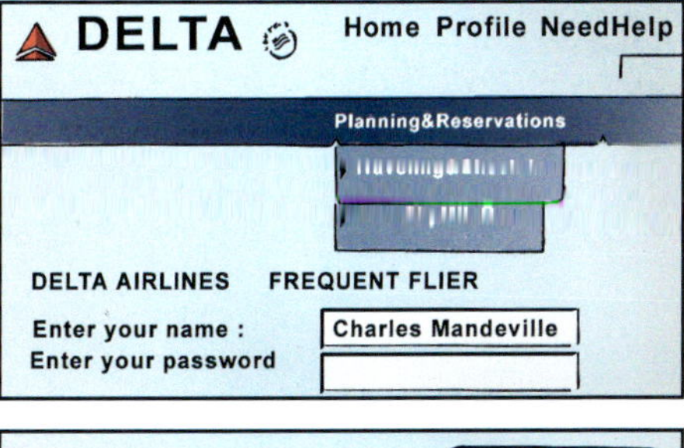

CHARLES HAT SICH NICHT NACH WASHINGTON BEGEBEN. EINE LETZTE KONTROLLE, UM SICHER ZU GEHEN.

DELTA Home Profile NeedHelp

Planning&Reservations

DELTA AIRLINES FREQUENT FLIER

Enter your name : Charles Mandeville
Enter your password

Not a SkyMiles Member?
Join SkyMiles and set up your travel preferences.
Join Now

Thank you.
You have 125 000 miles Your latest flights are:
Feb 16 New York - Jackson 500 miles
- Feb 19 Jackson – New York 500 miles
April 1 New York - Chicago 250 miles
April 2 Chicago – New York 250 miles

ALSO KEIN CHARLES IN WASHINGTON. DOCH ICH MUSS MEHR WISSEN. DER NAME DES HOTELS, DIE GENAUEN UMSTÄNDE DES TODES. WIE? VIA DER CIA? ...

HALLO GABRIELLE. ICH HABE GEDACHT, DU SOLLTEST WISSEN, DASS ICH BESCHLOSSEN HABE, MICH FÜR DEN POSTEN DES DEAN ZU BEWERBEN. WENN ICH GEWÄHLT WERDE, KANN DAS WERK VON ROBERTO FORTGESETZT WERDEN.

HERVORRAGENDE ENTSCHEIDUNG, IRA. ICH BIN ÜBERZEUGT, DASS NIEMAND BESSER GEEIGNET WÄRE, UM DAS WERK VON ROBERTO FORTZUSETZEN.

WER SONST KÖNNTE ANSPRUCH DARAUF ERHEBEN...?

ICH BIN EINER IHRER EHEMALIGEN FREUNDE VON YALE. ICH... ICH HABE EIN ZIEMLICH DRINGLICHES LEGALES PROBLEM... GABRIELLE HATTE DARAUF BESTANDEN, DASS ICH SIE ANRUFE, WENN ICH EINES TAGES IHRE HILFE BRAUCHEN WÜRDE...

YALE. JA NATÜRLICH. ICH VERSTEHE.

SIE ÜBERMITTELN MIR DIE DIENSTREISEAUFTRÄGE, ICH FÜHRE SIE AUS. WIR SPRECHEN NICHT ÜBER DAS WARUM DER MISSIONEN, DAS ERGEBNIS ODER ÜBER DIE RECHTMÄSSIGKEIT DIESER...
DAS LÄUFT IMMER SO, SIENNA. FÜR JEDEN.

UND WENN ICH AUSNAHMSWEISE AUS PERSÖNLICHEN GRÜNDEN... IHNEN EINIGE FRAGEN... ÜBER MEINE LETZTE OPERATION STELLTE...?
SIENNA...

ICH MUSS WENIGSTENS WISSEN, OB... DIE LETZTE OPERATION, MICHAEL. IST MAN MIT MEINER ARBEIT IN LANGLEY ZUFRIEDEN? WAR ICH GUT AUF DER MISSION?
OFFEN GESAGT WUNDERE ICH MICH ÜBER DIE FRAGE.

SIE HABEN DAS ZIEL OHNE FEHLER EXEKUTIERT. DER TOD WAR SAUBER, SIE HABEN SICH DAVON GEMACHT, OHNE DIE GERINGSTE SPUR ZU HINTERLASSEN. JEDER HAT GESCHÄTZT, WAS SIE GELEISTET HABEN IN....

... LA PAZ !
LA PAZ !?

LAURIE IST IMMER NOCH IM KOMA, REVEREND?

IHR LEBEN IST NICHT MEHR IN GEFAHR. ABER WIR MÜSSEN NOCH EIN PAAR TAGE ABWARTEN, BEVOR SIE UNS SAGEN KANN, WAS IHR PASSIERT IST, BEFÜRCHTE ICH!

ICH FRAGE MICH, OB SIENNA NICHT BEGINNT ZU ZWEIFELN.
CHARLES, SIE WISSEN DOCH... WENN IHRE FRAU DARIN VERWICKELT IST, SO ODER SO...

NATÜRLICH. WENN ES SOWEIT KOMMEN SOLLTE, WERDE ICH IHREM URTEIL VERTRAUEN!
ES WIRD HART SEIN. SIE KÖNNEN NICHT WISSEN, WIE SEHR ICH SIE LIEBE!
40

LA PAZ! LA PAZ, DAS WAR VORHER!

BRIDGE... IST NICHT AUF DEM LAUFENDEN ÜBER MEINE LETZTE MISSION IN WASHINGTON DC!

ICH... ICH LIESS MIR WIE EIN ANFÄNGER EINE FALLE STELLEN! JEMAND HAT ENTDECKT... DASS ICH FÜR DIE CIA ARBEITE!
DIESER JEMAND HAT BEGRIFFEN, WIE... ICH MEINE BEFEHLE FÜR DIE MISSION ERHIELT.

ER HAT SICH ALS MICHAEL BRIDGE AUSGEGEBEN. UND ICH HABE NICHTS BEMERKT.

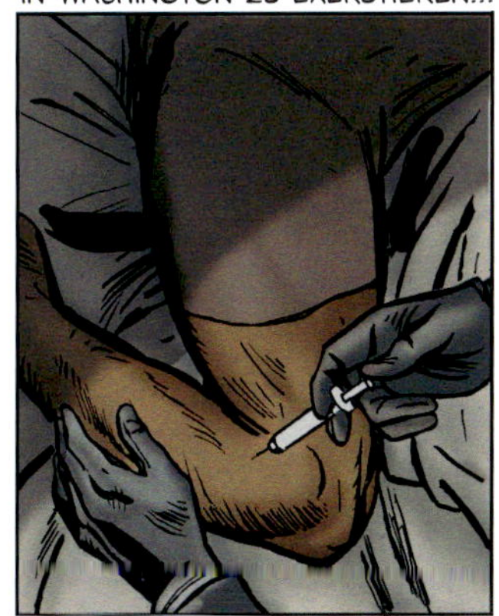
ICH... ICH HATTE WIRKLICH GEGLAUBT, DASS MAN MIR DEN BEFEHL GEGEBEN HATTE, EIN ZIEL IN WASHINGTON ZU EXEKUTIEREN...

WEN HABE ICH EXE-KUTIERT? MEIN GOTT! MACH, DASS ES NICHT... ER IST!

HERITAGE HOTEL

GABRIELLE CHEVALIER. ICH HABE EIN ZIMMER FÜR DIE NACHT RESERVIERT. UND ICH HABE EINE VERABREDUNG MIT DEM VERANTWORTLICHEN FÜR DIE SICHERHEIT.
GUTEN ABEND, FRAU CHEVALIER. EINEN MOMENT BITTE.

MHM. WAS KANN ICH FÜR SIE TUN?
WIE ICH IHNEN AM TELEFON GESAGT HABE, WÜRDE ICH GERNE DIE VIDEOAUFNAHMEN DER NACHT VOM 5. AUF DEN 6. APRIL ANSEHEN.

SIE SIND NICHT VON DER POLIZEI. UND ICH GLAU-BE NICHT, DASS SIE EINE GENEHMIGUNG DER DIREK-TION HABEN...

NEIN, ABER ICH BIN RECHTSANWÄLTIN. IHR ETABLISSEMENT KÖNNTE UNNÖTIGE KOMPLIKATIONEN VERMEIDEN, WENN SIE MIR DIESE AUFNAHMEN ZEIGEN.
WAS IST HIER LOS, DUKE?

EINER VON MEINEN KUNDEN, BESONDERS GLÄUBIG UND PURITANISCH, BEABSICHTIGT, KLAGE FÜR EIN SITTLICHKEITSDELIKT EINZUREICHEN, DAS VON EINER PROSTITUIERTEN IN IHREM HOTEL BEGANGEN WURDE.
EINE PROSTITUIERTE ?! IM HERITAGE HOTEL ?
DOWNTOWN D.C

DAS IST EINE VERLEUMDUNG! NIE WÜRDE UNSER EHRENWERTER BETRIEB TOLERIEREN...
ICH BIN GERNE BEREIT, IHNEN ZU GLAUBEN UND MEINEN KUNDEN ZU BERUHIGEN. WENN SIE ES MICH AUF DEN VIDEOS ÜBERPRÜFEN LASSEN.

ABER NATÜRLICH. SOFORT! DUKE?

WIR HABEN KAMERAS, DIE DIE EINGANGSHALLE ÜBERWACHEN, DER WICHTIGE AUFZUGSCHACHT, DIE LOBBY. UND EINIGE GÄNGE. WELCHEN TAG WOLLTEN SIE SEHEN?

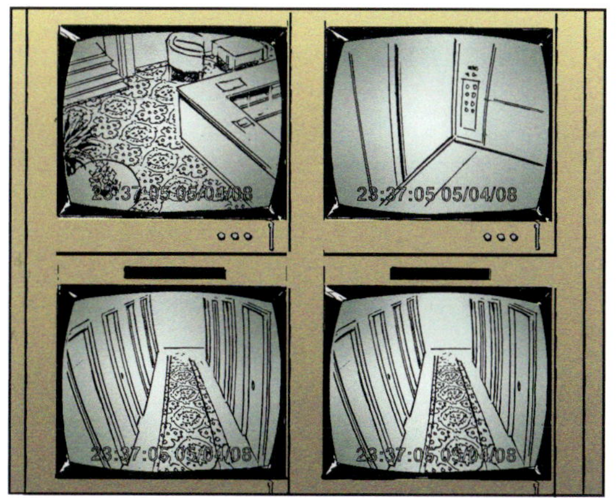
23:37:05 05/04/08

SIE WOLLEN DIE GANZE NACHT VOM 5. AUF DEN 6. APRIL DURCHGEHEN? SIE SEHEN DOCH, DASS ES NICHT DIE GERINGSTE PROSTITUIERTE GIBT!

DREI UHR MORGENS. BALD WIRD SICH ALLES AUFKLÄREN...
ICH WERDE EINEN KLEINEN KAFFEE HOLEN, DAS WIRD MIR DIE BEINE LOCKERN. WOLLEN SIE AUCH EINEN?
JA, DANKE.

03:15:08 06/04/08

HE!?

03:18:56 06/04/08

03:19:01 06/04/08

SIENNA!

HERITAGE HOTEL

HERITAGE HOTEL. HIER IST ES, NATÜRLICH. VERZEIH MIR, ROBERTO. ICH...

SIENNA! SIE IST ES, DIE IHN GETÖTET HAT! ABER DAS MACHT KEINEN SINN! WARUM?

WENN ICH DAS GEWUSST HÄTTE... SIE WAR DA, AN DIESEM ABEND, IN REICHWEITE MEINER HAND.
SOLIS WAR ZU DIESEM ZEITPUNKT NOCH AM LEBEN !
ZIMMERSERVICE. ICH KOMME DAS BETT FÜR DIE NACHT MACHEN.

AAAAAH!

DU! W... WIE KONNTEST DU MICH WIEDER-FINDEN?
ICH WAR AUCH IN YALE UND ICH LERNE SCHNELL, WIE DU SIEHST!

UND HIERHER ZU GELANGEN WAR BEI DEM HUNGERLOHN DER ZIMMER-MÄDCHEN EIN KINDERSPIEL...
F... FÜR WEN ARBEITEST DU?

DEN MEISTER VON SKULLS AND BONES.
DOCH JETZT, FÜR DICH, BIN ICH DER MEISTER !
HAAA!!

JETZT WIRST LERNEN, WAS MICH ANMACHT...

DEINE ETWAS VULGÄRE, WILDE, UNGEHOR-SAME SEITE....
LASS DEINE WAFFE FALLEN. ICH KANN NOCH VIEL WILDER SEIN ALS SIE!
44

SIENNA?!
NACH DER KLEINEN GUT ORCHESTRIERTEN NUMMER BEIM BEGRÄBNIS WAR DER ZUFALL EIN BISSCHEN ZU GROSS.

EIN FLOTTER DREIER...

SUPER, DA STEHE ICH DRAUF...

FALL UM!
PLOP!
PLOP!
AÏRG!

DU HAST IHN GETÖTET!? GENAUSO WIE DU ES MACHTEST M... MIT ROBERTO!

ICH HABE DICH GESEHEN, AUF DEN ÜBERWACHUNGSVIDEOS! ICH HABE ALLE BEWEISE, UM DICH EINSPERREN ZU LASSEN! WARUM, SIENNA? WARUM?

ICH AUCH, I... ICH HABE NUR NOCH DAS IM KOPF, GABRIELLE. VERSTEHEN WER UND WARUM!
45

DU... DU VERSTEHST NICHT... WAS DU GETAN HAST ?!
ICH HABE EINEN BEFEHL ERHALTEN. VON JEMANDEM, DER SICH FÜR... MEINEN BOSS AUSGEGEBEN HAT. ICH HABE NIE GEWUSST... WEN ICH EXEKUTIERTE!

ICH KANN NICHT ERWARTEN, DASS DU MIR VERTRAUST. ABER ICH SCHWÖRE DIR, DASS ICH AUFDECKEN WERDE, WER DER BASTARD IST, DER HINTER ALL DEM STECKT!

ICH HABE NOTIZEN VON ROBERTO GEFUNDEN. SPUREN VON ÜBERWEISUNGEN NACH MEXIKO CITY, LAGOS UND ANDERE HAUPTSTÄDTE.

ROBERTO SCHIEN EIN WICHTIGES PROJEKT AM LAUFEN ZU HABEN. ICH KONNTE NICHT AUFDECKEN, WORUM ES SICH HANDELT, ABER...
DAS GELD DER UNIVERSITÄT?

ICH GLAUBE, DASS ES VIELLEICHT DAS IST, DAS IHN DAS LEBEN GEKOSTET HAT!

WIR STANDEN VOR EINER WAHL, ALLE BEIDE.

SOLIS UND DEM, WAS ER UNS BEDEUTETE, DEN RÜCKEN ZUKEHREN UND... UNSER BEIDER LEBEN WIEDER MITEINANDER VEREINEN...

... BIS DIE WAHRHEIT EINES GROSSEN TAGES ANS LICHT KOMMT!

EINEN GROSSTEIL DER NACHT VERBRACHTEN WIR DAMIT ZU VERSUCHEN ZU VERSTEHEN. DER TOD VON ROBERTO SOLIS HATTE ALLE UNSERE BEZUGSPUNKTE WEGGEFEGT.

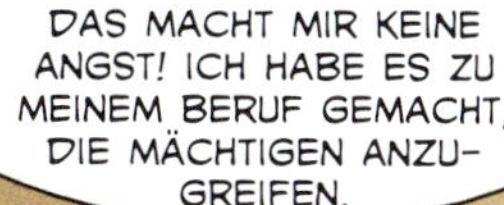

SIENNA, WIR BEIDE MÜSSEN UNS UNTERHALTEN !
GABRIELLE IST AUCH DARIN VERWICKELT UND WEISS, FÜR WEN ICH ARBEITE. WIR KÖNNEN UNBESORGT VOR IHR SPRECHEN.

BRAVO. UNSERE KOMMUNIKATION IST BLOSSGESTELLT UND JEDER IST AUF DEM LAUFENDEN ÜBER DEINE VERBINDUNG ZUR CIA. ALSO WIRKLICH...
NIEMAND SONST IST AUF DEM LAUFENDEN. WIR KÖNNEN DIESE SITUATION MEISTERN.

DU BIST VERBRANNT, SIENNA!
DENKEN SIE NACH! SIE SIND DAS EBENSO WIE SIE!

JEMAND HAT IHRE SICHERE LEITUNG BENUTZT UND KANN DAS WIEDER TUN.
DU WIRST NIE MEHR SICHER SEIN, MICHAEL. KANNST DU DAS RISIKO EINGEHEN?

DU MUSST DENJENIGEN, DER DAHINTER STECKT, SCHNELL AUFSPÜREN UND ELIMINIEREN. ICH KANN DICH NICHT MEHR LÄNGER DECKEN.
ICH WEISS, WO WIR ANFANGEN.

DIES SIND DIE DOKUMENTE, DIE ICH BEI SKULLS AND BONES GESTOHLEN HABE. SOLIS HAT ÜBERWEISUNGEN IN VERSCHIEDENE LÄNDER GETÄTIGT. ICH HABE DIE KONTOAUSZÜGE.

DAS HIER IST MEXBANC... IN MEXIKO CITY. DA MÜSSEN WIR ANFANGEN. DAS IST WENIGER ALS EINE STUNDE FLUG VON HIER UND AUSSERDEM HABE ICH DA EIN FINANZIERUNGSPROJEKT. SO KANN ICH MEINE ANWESENHEIT DORT CHARLES ERKLÄREN.

ICH HOFFE, ICH WERDE DIESE ENTSCHEIDUNG NICHT BEREUEN. KEINE ZEIT ZU VERLIEREN. FLIEG MORGEN!

WENN WIR HERAUSFINDEN, WOFÜR DAS GELD BESTIMMT WAR, WERDEN WIR AUCH DEN MÖRDER VON SOLIS FINDEN!
2

JA, HERR SENATOR, ICH VERSICHERE IHNEN, DASS CHARLES FÜR UNSERE SACHE GEWONNEN IST.
UND WENN SIE DEN GERINGSTEN ZWEIFEL HABEN, BEDENKEN SIE EINS: ICH BIN DA.

ENTSCHULDIGEN SIE, JEMAND AUF DER ANDEREN LEITUNG.
JA, GUTEN TAG. MORGEN UM 10 UHR, PERFEKT. DIE SICHERHEIT WIRD INFORMIERT? WISSEN SIE, WORÜBER DER PRÄSIDENT MIT MIR SPRECHEN WILL? HAT ER IHNEN NICHTS GESAGT?

DAS MACHT NICHTS, ICH BIN SEHR GEEHRT, DASS ICH IHN WIEDERSEHEN DARF.

MEINE HOCHACHTUNG, HERR S...
LAURIE!

SIENNA! ICH HABE SIE ÜBERRASCHT, ALS SIE SIE BEOBACHTETE AN DIESEM ABEND, ALS SIE IM RED HILL DINIERTEN. ICH BIN IHR GEFOLGT...
BLIP BLIP

SIE HAT DEN UNFALL PROVOZIERT. SIE HAT VERSUCHT MICH ZU ERMORDEN !
WO IST SIENNA ?
ICH HABE SIE GERADE ERST ZUM FLUGHAFEN GEBRACHT. SIE FLOG NACH MEXIKO.

NACH MEXIKO ! SO EIN ZUFALL !
IHRE FRAU HAT ETWAS ENTDECKT, CHARLES! UND SIE SAGTEN, DASS SIE SIE UNTER KONTROLLE HÄTTEN!

ESTEBAN, ICH HABE EINE WICHTIGE MISSION FÜR DICH.
3

ALL DIESE GELDTRANSFERS. KÖNNTE ES SEIN, DASS SOLIS UNS JAHRELANG BETROGEN HAT?
AVIS
Aeropuerto International de la Ciudad

DASS ER SICH ALS DER PERFEKTE MANN PRÄSENTIERTE UND GLEICHZEITIG AUF UNEHRLICHE WEISE BEREICHERTE?
WENN CHARLES IGREND ETWAS DAMIT ZU TUN HAT, VERGEBE ICH IHM DAS NIE.

DISMINUYA
U VELOCIDAD
40
km/h
CLIK

SIE IST NICHT ALLEIN. ICH SCHICKE IHNEN EIN FOTO.
OKAY, ESTEBAN. BEGNÜGE DICH VORLÄUFIG DAMIT SIE ZU BESCHATTEN. ICH WILL GENAU WISSEN, WOHIN SIE FAHREN.

SIENNA IST NICHT ALLEIN. KENNST DU DIESE FRAU, CHARLES?

?!!

GABRIELLE! WIE IST DAS MÖGLICH?
WER IST DIESE FRAU?

GABRIELLE CHEVALIER. ICH WUSSTE NICHT, DASS SIE FREUNDINNEN WAREN.
ICH HASSE ES, NICHT ZU WISSEN, MIT WEM ICH ES ZU TUN HABE. BLANCHART SOLL UNS SCHNELL AUFKLÄREN.
4

* SCHEISSE! IN SPANISCH

Pesos	Dolares	Pago en línea		Can
	Descripcion: Cuenta 1213 5003 000 735			
Fecha	Saldo Anterior 02/11/2008			$ -18
	Transacionnes	Cargo:	Abono:	Sal
3/11/2008	Banco De GQ DD 0372340 wthrow	$ 600 000,00		$ 48
2/11/2008	Transferancia Cuenta WE 3325466 Elihu		$ 25 000,00	$ 4
1/11/2008	Banamex ID 4865230 rthbbc		$ 420,00	$ 4
3/11/2008	Transferancia Cuenta WE 3325466 Elihu		$ 25 000,00	$ 4
4/12/2008	Transferancia Cuenta WE 3325466 Elihu		$ 126 000,00	$
1/12/2008	Abn Amro		$ 87,00	$
2/12/2008	Transferancia Cuenta WE 3325466 Elihu		$ 180 000,00	$ 2
5/12/2008	Inbursa SA		$ 270,00	$ 2
3/12/2008	Transferancia Cuenta WE 3325466 Elihu		$ 45 000,00	$ -

DU SOLLTEST DRAUSSEN BLEIBEN UND WACHE HALTEN.
DU WARST SO LANGE WEG. ICH WAR BEUNRUHIGT.

ICH KANN NICHT GLAUBEN, DASS DU DEN KERL KREPIEREN LASSEN WOLLTEST. ER IST KEIN KRIMINELLER.
EIN PROFI TUT ALLES, UM SEINE MISSION ZU ERFÜLLEN UND UNNÖTIGE RISIKEN ZU VERMEIDEN.

DIESER MANN HATTE UNS GESEHEN, WEISS, DASS WIR AUSLÄNDER SIND. JETZT IST DIE POLIZEI VIELLEICHT HINTER UNS HER.

GUT, ZIEHEN WIR BILANZ. ICH HATTE ZUGRIFF AUF DIE KONTOBEWEGUNGEN.

ZAHLREICHE ÜBERWEISUNGEN LIEFEN UNTER EINEM MYSTERIÖSEN TITEL: ELIHU. SAGT DIR DAS ETWAS?
ELIHU YALE. GROSSTER WOHLTÄTER UNSERER UNIVERSITÄT. DU SOLLTEST DIE KLASSIKER KENNEN, MÄDCHEN.

ICH HABE AUCH DEN NAMEN DES KONTOINHABERS, EIN GEWISSER SALVADOR GALLARDO.

SALVADOR ! DAS HÄTTE ICH MIR DENKEN KÖNNEN !
ICH KANNTE SALVADOR GALLARDO GUT.

SORRY, DASS ICH SO SPÄT BIN.
NICHT WICHTIG. WIR WERDEN HEUTE NICHT ARBEITEN.

DARF ICH DIR SALVADOR GALLARDO VORSTELLEN? WIR SIND ZUSAMMEN AUFGEWACHSEN IM KLEINEN DORF SAN PABLITO. SALVADOR WAR EIN BRILLANTER CHIRURG, BIS ZU DEM TAG, ALS...
ANGENEHM. SORRY, DASS ICH IHNEN MEINE LINKE HAND GEBE. ICH KONNTE NICHT UNTÄTIG BLEIBEN BEI DER SITUATION IN MEINEM LAND.

PASS BLOSS AUF, EINES TAGES WIRST DU NOCH MEHR VERLIEREN ALS DEINE HAND. KOMMT, ICH LADE EUCH ZUM LUNCH EIN. IN EIN RESTAURANT, WO SIE BESSERE QUESILLAS MACHEN ALS ANDREA.
WILLST DU WOHL MEINE SCHWESTER IN RUHE LASSEN?
7

SALVADOR WAR ZWANZIG JAHRE ÄLTER ALS ICH, ABER ALS ROBERTO KURZ WEG GING, WAR DER BLICK, DEN WIR UNS ZUWARFEN, NICHT DER EINES VATERS UND SEINER TOCHTER.

SALVADOR BLIEB ZWEI WOCHEN IN YALE. ZWEI WOCHEN, IN DENEN ICH DIE GRENZEN DES PHYSISCHEN VERGNÜGENS ENTDECKTE. DEN REST DER ZEIT WAR ER BESCHÄFTIGT MIT ROBERTO GOTT WEISS WAS AUSZUBRÜTEN. WARUM HABE ICH NUR NICHT MEHR DARAUF GEACHTET, WAS SIE SAGTEN?

VERGISS NICHT, WAS DER DOKTOR GESAGT HAT. DU MUSST DICH SO VIEL WIE MÖGLICH AUSRUHEN.

UNSERE EINZIGE CHANCE IST, DASS WIR SEINE SCHWESTER FINDEN. IM GEBURTSORT VON SOLIS, ETWAS AUSSERHALB VON MEXIKO CITY.
WENN DU EINE WALLFAHRT DAHIN UNTERNEHMEN WILLST, NUR ZU. ICH WERDE DAS BISSCHEN ZEIT, DAS UNS NOCH BLEIBT, EFFIZIENTER NUTZEN.

ICH MUSS MIT LAURIE REDEN. DIESE BEZIEHUNG BEGINNT...
TIIT TIIT

STÖRE ICH DICH NICHT?

SIENNA! GANZ UND GAR NICHT. ICH HABE NICHTS BESONDERES GETAN.
NICHTS BESONDERES! ES WIRD ECHT ZEIT, DASS WIR KURZEN PROZESS MIT IHR MACHEN.

DIE LEKTÜRE DIESES TEXTES VERZEHNFACHT DIE INBRUNST MEINES GLAUBENS.
DAS KOMMT DAHER, DASS SIE NICHTS ZU FÜRCHTEN HABEN. SIE WERDEN EINE DER ERSTEN SEELEN SEIN, DIE CHRISTUS RETTET.
SIE AUCH, HERR PRÄSIDENT. NOCH NIE HATTE DAS WEISSE HAUS EINEN BEWOHNER GEKANNT, DER SO OFFEN WAR FÜR DAS WORT GOTTES.

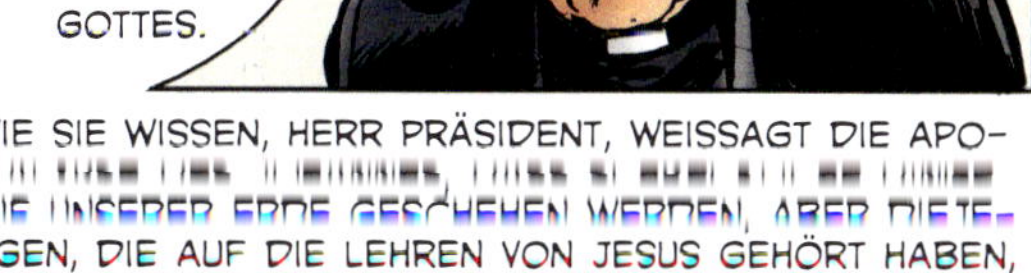
WIE SIE WISSEN, HERR PRÄSIDENT, WEISSAGT DIE APO-
AUF UNSERER ERDE GESCHEHEN WERDEN, ABER DIEJE-
NIGEN, DIE AUF DIE LEHREN VON JESUS GEHÖRT HABEN, SICH UNMITTELBAR IM PARADIES WIEDERFINDEN.

NATÜRLICH, ABER GENAU DARUM WOLLTE ICH SIE SEHEN. ES IST DIE REDE VON EINER GROSSEN SCHLACHT, NICHT WAHR?
JA, DIE MENSCHHEIT WIRD AM KRIEG ALLER KRIEGE TEILNEHMEN.

EIN KRIEG OHNE GNADE, IN DEM DIE ARMEEN VON CHRISTUS DENEN VON SATAN GEGENÜBER STEHEN WERDEN.
IST ES SICHER, DASS DER KRIEG VON DER ARMEE VON CHRISTUS GEWONNEN WER-DEN WIRD?

ICH SEHE NUR EINE GEFAHR, HERR PRÄSIDENT.
WENN DIE ARMEEN VON SATAN SCHNELLER REAGIEREN ALS DIE VON CHRISTUS...

UND WENN IRSRAEL VERNICHTET WIRD, DANN WÜRDE DIE WUT VON CHRISTUS SICH GEGEN DEN OBERBEFEHLSHA-BER RICHTEN KÖNNEN.

UND SO WÜRDE ICH DANN DER ANTICHRIST...
ALLE ZEICHEN SIND DA, HERR PRÄSIDENT. IRAN WARTET DARAUF ZUZUSCHLA-GEN!

DAS IST KEINESWEGS SICHER...

WIR HABEN DIESE DISKUSSION SCHON MAL GEHABT. DAS EWIGE LEBEN, HERR PRÄSIDENT, LIEGT ZUM GREIFEN NAH, AM ENDE DES HEILIGEN KRIEGES, DEN NUR SIE ALLEIN AUSLÖSEN KÖNNEN.

AH, MEIN GOTT. WAS FÜR EIN GEWICHT AUF DEN SCHULTERN EINES ARMEN SÜNDERS.
HERR PRÄSIDENT, DIE SITZUNG FÄNGT AN...

WIR SPRECHEN SPÄTER WEITER, REVEREND.
WIE KANN MAN PRÄSIDENT SEIN UND SO WENIG MUT HABEN?
10

ICH KANNTE SOLIS, MICHAEL. ER HÄTTE NICHT DEN ZYNISMUS GEHABT, DEN NAMEN ELIHU ZU BENUTZEN, WENN ES NICHT UM EIN PROJEKT IM NAMEN DER UNIVERSITÄT GINGE.
ABER WAS? WOHLTÄTIGKEIT? EIN STIPENDIENFONDS FÜR MEXIKANISCHE STUDENTEN?

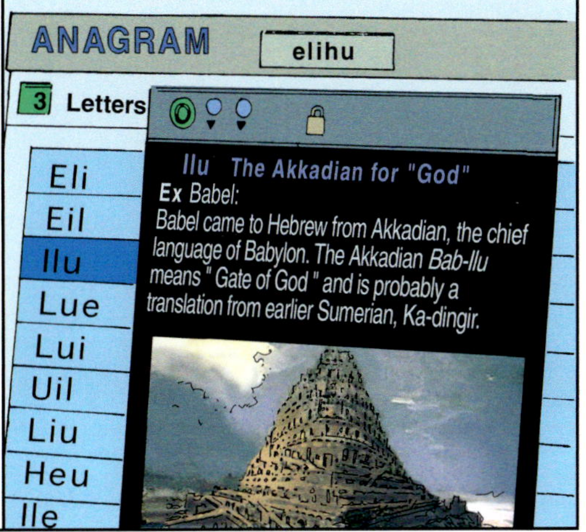
ANAGRAM
elihu
3 Letters
Eli
Eil
Ilu
Lue
Lui
Uil
Liu
Heu
Ile
Ilu The Akkadian for "God"
Ex Babel:
Babel came to Hebrew from Akkadian, the chief language of Babylon. The Akkadian Bab-Ilu means " Gate of God " and is probably a translation from earlier Sumerian, Ka-dingir.

LAUT DER BIBEL HABEN DIE JUDEN DEN TURM ZU BABEL GEBAUT, UM DEN HIMMEL ZU ERREICHEN. FÜR IHREN HOCHMUT LIESS GOTT SIE VERSCHIEDENE SPRACHEN SPRECHEN, DAMIT SIE SICH GEGENSEITIG NICHT MEHR VERSTEHEN KONNTEN.

UND WENN DIESES PROJEKT NUN DAS GEGENTEIL DAVON WAR? DAZU BESTIMMT, DASS DIE LEUTE DER GANZEN WELT SICH VERSTEHEN?
EIN TURM...

PRÜFEN SIE DIE JÜNGSTEN BAUGENEHMIGUNGEN VON MEXICO CITY.

LU HIE BUSINESS SCHOOL: EIN GEBÄUDE MIT 1500 M FÜR EIN BUDGET VON 50 MILLIONEN $.

LU HIE, ANAGRAM VON ELIHU. BINGO. EIN ASIATISCHER KLANG, UM KEINEN VERDACHT ZU ERREGEN. GUT GEMACHT.
JETZT BLEIBT NUR NOCH DIESER SCHULE EINEN HÖFLICHKEITSBESUCH ABZUSTATTEN.

TOCHTER VON JOSEPHINE UND BILL CHEVALIER, DIE TRAGISCH UMS LEBEN KAMEN, ALS SIE 8 JAHRE ALT WAR.

SIE ARBEITET EINIGE JAHRE ALS KELLNERIN IN EINER SNACKBAR UND BEKOMMT DANN EIN STIPENDIUM FÜR YALE, BEVOR SIE RECHTSANWÄLTIN WIRD.
HATTE SIE SCHON ÄRGER MIT DER POLIZEI?

IHRE FREUNDE SIND LINKS, IHRE ENGAGEMENTS SIND SYSTEMATISCH GEGEN DIE ÖFFENTLICHE ORDNUNG. ICH HABE EINE LIEBESGESCHICHTE MIT EINEM FREUND VON SOLIS GEFUNDEN. SALVADOR GALLARDO.

San Pablito

WARTEN SIE HIER AUF MICH. ICH ZAHLE DAFÜR.

Lavanderia Meraz
COMMERCIAL LAUNDRY

ICH WÜRDE GERNE ANDREA GALLARDO SPRECHEN.
WER FRAGT NACH IHR?

GABRIELLE CHEVALIER. ICH BIN EINE FREUNDIN VON SALVADOR.

ICH WEISS, WER SIE SIND. FOLGEN SIR MIR.

BEIM HELDEN SPIELEN HABEN SOLIS UND MEIN BRUDER SICH DIE FINGER VERBRANNT. NUN IST DER EINE TOT UND DER ANDERE SO GUT WIE.

ES IST SINNLOS MICH ZU FRAGEN, WO ER IST, ICH WEISS ES NICHT. ER IST VOR ZWEI MONATEN GEFLOHEN. ER ARBEITETE AN EINEM PROJEKT, DAS NICHT ALLEN AUF DER WELT GEFIEL.
WISSEN SIE ETWAS ÜBER DIE ART DES PROJEKTS?
ER WAR SEHR VERLETZT, WEIL ER VON SEINEN FREUNDEN BEDROHT WURDE. ES WAREN REVOLUTIONÄRE WIE ER, DIE SCHEINBAR NICHT EINVERSTANDEN WAREN MIT DEM, WAS ER TAT. SIE SAGTEN, DASS SIE IHN UMBRINGEN WÜRDEN, WENN ER NICHT AUFHÖRT.

FALLS ER SIE KONTAKTIERT, SAGEN SIE IHM, DASS ER GUT AUF SICH AUFPASSEN SOLL. SEINE GESUNDHEIT IST WICHTIGER ALS MEINE UNTERSUCHUNG.
12

RAUSGEWORFEN AUS DREI SCHULEN WEGEN AGGRESSIVEN VERHALTENS, NICHTTEILNAHME AN EINEM ERSTEN JURAEXAMEN WEGEN ALKOHOLKOMA.

ABER SIE SIND EIN SPEZIALIST GEWORDEN AUF IHREM GEBIET UND YALE MUSSTE SIE AKZEPTIEREN: NIEMAND KANNTE DIE MATERIE SO GUT WIE SIE.

SIENNA WAR DIE KRÖNUNG IHRER ARBEIT. DURCH DIE HEIRAT WURDEN SIE VON EINEM AUF DEN ANDEREN TAG VON DER HIGH SOCIETY AKZEPTIERT.

ABER SIE HABEN DIESE UNIVERSITÄT VERRATEN.

SEXUELLER KONTAKT MIT EINER IHRER STUDENTINNEN WIRD SEHR STRENG BESTRAFT AN DIESER UNIVERSITÄT, UND DAS WISSEN SIE, CHARLES! ICH HABE KEINE ANDERE WAHL. ICH MUSS SOFORT DEN DISZIPLINARRAT ZUSAMMENRUFEN.

SIE WISSEN, WAS DAS BEDEUTET. AUCH WENN ICH NICHT FRISTLOS ENTLASSEN WERDE, DANN BEDEUTET ES ZUMINDEST EINEN UNAUSLÖSCHLICHEN FLECK AUF MEINER REPUTATION.

DER DISZIPLINARRAT SOLLTE AM DONNERSTAG ZUSAMMENKOMMEN. SOLIS STARB AM ABEND DAVOR, OHNE DEN GRUND FÜR DIE ZUSAMMENKUNFT MITGETEILT ZU HABEN.

HERR KNIGHT, GABRIELLE HAT DIE SCHWESTER VON SALVADOR GETROFFEN. SIE IST GERADE DABEI SIE ZU VERLASSEN.

PERFEKT. SALVADOR WIRD BALD WISSEN, DASS SIE DA WAR. SAG MAL, ESTEBAN, KANNST DU DIE MEXIKANISCHEN TERRORISTISCHEN ANARCHISTEN KONTAKTIEREN?
JA. SEIT ICH SIE VON GALLARDOS VERRAT ÜBERZEUGEN KONNTE, BIN ICH IHNEN NÄHER ALS JE ZUVOR.

LHBS
LUHIE Business School
ARQUITEK

UNGLAUBLICH !
14

DIE WELT STEUERT AUF EINE PERIODE NIE ZUVOR GESEHENER KATASTROPHEN ZU.

GEWISSE PERSONEN WOLLEN VERHINDERN, DASS DIESES PROJEKT ZU ENDE GEBRACHT WIRD.

ARR

SIE BRECHEN MEINEN ARM !

WARUM LASSEN SIE SIE DANN WEITERMACHEN? WENN ICH HIER SO EINFACH REINKOMME...

SIE HABEN DEN BAU STILLGELEGT, INDEM SIE DIE BAUARBEITER MIT DEM TOD BEDROHTEN. NUN RICHTEN SIE IHRE ANSTRENGUNGEN AUF DIE SUCHE NACH DEM KOORDINATOR DES PROJEKTS, SALVADOR GALLARDO.

SIE WISSEN, DASS DAS GELD ÜBER IHN LÄUFT. SIE VERSUCHEN MIT ALLER MACHT GALLARDO ZU FINDEN, UM IHN ZU ERMORDEN UND SO DIE FINANZIERUNG DES PROJEKTS ZU STOPPEN.

GALLARDO ERMORDEN! UND GABRIELLE, DIE ZU ALLEM BEREIT IST, UM IHN WIEDERZUFINDEN!

Hotel Emporio

DAS IST SIE !
?
HE, KLEINER! KOMM MAL!

100 PESOS FÜR DICH, WENN DU DER FRAU, DIE GERADE IN DAS HOTEL GEHT, SAGST, DASS JEMAND IM "GESTIEFELTEN KATER" AUF SIE WARTET.

WARTEN SIE! ICH HABE EINE BOTSCHAFT FÜR SIE! JEMAND WARTET AUF SIE IM "GESTIEFELTEN KATER".

DER "GESTIEFELTE KATER"? WAS IST DAS DENN?

DAS IST, WENN SIE HIER LINKS RAUSGEHEN, AN DER ECKE DER STRASSE. ETWA DREIHUNDERT METER. SIE MÜSSEN ENTSCHULDIGEN, ABER DAS IST NICHT WIRKLICH DER RECHTE ORT FÜR SIE...

ZWEI JUNGE AMERIKANISCHE FRAUEN. SIE ZWANGEN MICH VERTRAULICHE INFORMATIONEN ÜBER EINEN KONTOINHABER MEINER BANK HERAUSZUGEBEN. SIE WOLLTEN MICH TÖTEN.

ES GIBT NICHT VIELE TOURISTEN IN DIESER SAISON. WENN SIE IN EINEM HOTEL ABGESTIEGEN SIND, WERDEN WIR SIE SCHNELL FINDEN.
AH JA, EINE VON IHNEN HIESS SIENNA !

Le Chat Botté
GENTLEMENS' CLUB
Coca-Cola

ICH HÄTTE GERNE EINEN LAP DANCE.

SALVADOR!
SCHT! ICH MUSS EXTREM VORSICHTIG SEIN. EINE VIERTELSTUNDE ZUM REDEN, DIE ZEIT FÜR EIN PAAR TÄNZE. DAS IST DIE BESTE ART, UM HIER NICHT AUFZUFALLEN.

ICH VERSTEHE NICHT RECHT.
MACH ES WIE DIE ANDEREN MÄDCHEN.

DU WIRST SEHEN, DAS LERNT SICH SEHR SCHNELL.
ICH HABE DAS STAATS-EXAMEN BESTANDEN. DA MÜSSTE ICH DAS AUCH SCHAFFEN.

PERFEKT. CUM LAUDE! LASS DICH MAL ANSCHAUEN. ES IST SO LANGE HER.
ZWEI JAHRE, VIER MONATE UND SECHS TAGE. WARUM BIST DU WIE EIN DIEB VERSCHWUNDEN, SALVADOR? DU HAST MIR SEHR WEH GETAN.

18

EINE FRAU, DIE MIT IHNEN IM HOTEL IST? ICH SEHE SO VIELE FRAUEN AM TAG...
BRAUNE, WELLIGE HAARE. MIT EINEM HALBLANGEN KLEID!
Hotel Emporio

AH! JA, AN DIE ERINNERE ICH MICH. SIE IST ÜBERSTÜRZT WEG GEGANGEN, ABER ICH WEISS NICHT WOHIN.
INFORMIEREN SIE SICH! DAS IST DOCH IHR JOB!

ICH WEISS, WOHIN IHRE FREUNDIN GEGANGEN IST. ICH SAGE ES IHNEN, WENN SIE MIR 50 AMERIKANISCHE DOLLAR GEBEN.

DU HÄTTEST ES MIR ERKLÄREN KÖNNEN, MICH WIE EINE ERWACHSENE BEHANDELN. ICH HÄTTE ES VERSTANDEN.
ICH HATTE ES ZU GUT BEI DIR. DAS WAR GEFÄHRLICH FÜR MEINE FREIHEIT.

UNSERE BEZIEHUNG HAT DEM GRUND NIE DEN GERINGSTEN PLATZ GELASSEN.
DAS IST WAHR.

DIE ZEIT DRÄNGT, SALVADOR. SAG MIR, WARUM DU UNTERGETAUCHT LEBST.
EIN PROJEKT MIT ROBERTO, DAS DIE WELT VERÄNDERN WIRD. DU WIRST STOLZ AUF UNS SEIN.

WIE ZART DEINE HAUT IST.

19

ICH DACHTE, DASS HUREN SICH NICHT AUF DEN MUND KÜSSEN LASSEN.

ACHTUNG!

POW
POW POW

¡¡Hi¡

20

LA LUCHA CONTINUA!

BLAM!
ARHH

SIENNA!

KEINE ZEIT ZU VERLIEREN. WIR MÜSSEN HIER SCHNELL WEG, BEVOR DIE POLIZEI KOMMT!
DU HAST UNS DAS LEBEN GERETTET!

POW
AAAH!

BLAM BLAM
SALVADOR!

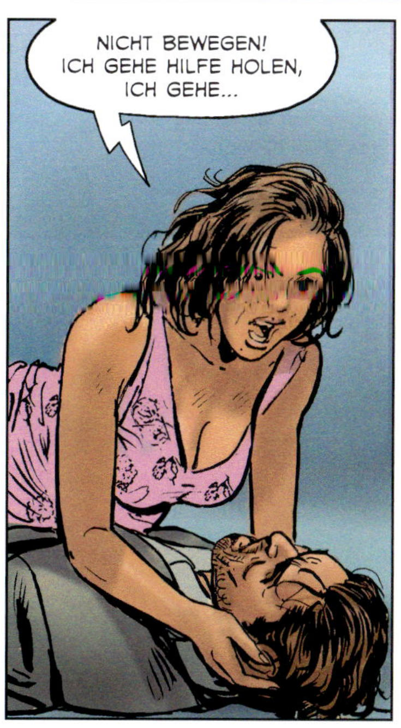
NICHT BEWEGEN! ICH GEHE HILFE HOLEN, ICH GEHE...

DIESES PROJEKT IST SO WICHTIG FÜR SOLIS UND MICH. VERSPRICH MIR, DASS DU ES NICHT STERBEN LÄSST!
21

DU KANNST NICHTS MEHR FÜR IHN TUN. WIR MÜSSEN VON DER PANIK PROFITIEREN, UM HIER RAUSZUKOMMEN.
ICH SCHWÖRE ES DIR.

ES TUT MIR LEID, GABRIELLE. ABER WIR MÜSSEN HIER SO SCHNELL WIE MÖGLICH WEG.

ARETES
ARRACADAS
COLLARES

STOPP! WIR HABEN EIN WILLKOMMENSKOMITEE!
Hotel Emporio
POLICIA

DER BANKDIREKTOR!
SIEH, WOHIN DEIN GROSSES HERZ UNS FÜHRT!
22

LOSFAHREN, SCHNELL!
??
TAXI
A-56-
TAXI

VERSCHWINDEN SIE SOFORT AUS MEINEM TAXI!

1000 $, WENN SIE DAS VERFLUCHTE TAXI SOFORT STARTEN!

ROAARR

MICHAEL! DIE SACHEN WERDEN KLARER, ABER WIR BRAUCHEN DICH ABSOLUT!

WAS IST PASSIERT?
WIR WERDEN VON DER MEXIKANISCHEN POLIZEI VERFOLGT. KÖNNT IHR UNS HELFEN, DAS LAND ZU VERLASSEN OHNE DEN ZOLL PASSIEREN ZU MÜSSEN?

GEHT ZUM AEROCLUB VON CUERNAVACA. EIN FLUGZEUG WIRD BEI EURER ANKUNFT ZUM ABFLUG BEREIT STEHEN.
DANKE! UND NOCH ETWAS...
SEID BEREIT EINZUGREIFEN. ICH WEISS NOCH NICHT, WAS KNIGHT AUSHECKT, ABER ETWAS SAGT MIR, DASS DAS SCHLECHT AUSGEHEN KANN.

ESTEBAN RUFT GLEICH AN. GALLARDO IST LIQUIDIERT. DAS PROJEKT IN MEXIKO IST ENDLICH BLOCKIERT! UND OFFENSICHTLICH HABEN SICH UNSERE MÄDCHEN EINIGE FEINDE GEMACHT.

DIE POLIZEI UMZINGELT IHR HOTEL. ES DAUERT NICHT MEHR LANGE...
TIIT TIIT

HALLO? JA. WAS? EINEN MOMENT, BITTE.
23

CHARLES, ICH MUSS DIESEN ANRUF ANNEHMEN. ES IST VERTRAULICH.
ICH VERSTEHE, REVEREND. RUFEN SIE MICH, WENN SIE FERTIG SIND.

DIE LAGE HAT SICH VERÄNDERT. DER KUNDE BEGINNT SEINE GEDULD ZU VERLIEREN. ER WILL SEINE LIEFERUNG INNERHALB VON 48 STUNDEN.

48 STUNDEN? ICH WEISS NICHT, OB...
DER KUNDE BESTEHT DARAUF. SONST VERZICHTET ER AUF DAS PROJEKT.

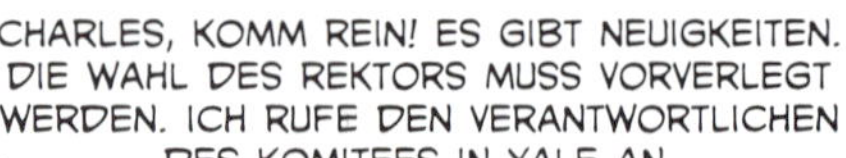
CHARLES, KOMM REIN! ES GIBT NEUIGKEITEN. DIE WAHL DES REKTORS MUSS VORVERLEGT WERDEN. ICH RUFE DEN VERANTWORTLICHEN DES KOMITEES IN YALE AN.

JA, ICH WEISS, DASS ES GEGEN DAS PROTOKOLL IST, ABER ICH HABE EINEN UNUMGÄNGLICHEN BEFEHL... RELIGIÖSER ART. DIE WAHL MUSS ABSOLUT EINEN TAG FRÜHER STATTFINDEN.

KLASSE !

DIE CIA SCHEUT KEINE MÜHEN !
JETZT WEISST DU, WOHIN DEINE STEUERGELDER GEHEN.

WIR SOLLTEN IN UNGEFÄHR DREI STUNDEN IN HOUSTON ANKOMMEN. VON DA FLIEGT IHR NACH WASHINGTON ZURÜCK.
24

ICH FÜHLTE MICH LEER. MEINE KARRIERE, MEINE LEIDENSCHAFTEN, SELBST MEIN DRANG DEN MÖRDER VON SOLIS ZU FINDEN, ALLES SCHIEN SO UNWICHTIG VERGLICHEN MIT DEM KURZEN INTIMEN MOMENT MIT SALVADOR.

UND ICH MUSSTE ES ZUGEBEN:
WIR HÄTTEN SEINEN TOD VERMEIDEN KÖNNEN, WENN WIR ZUSAMMEN GEARBEITET HÄTTEN.

ES WURDE IMMER DEUTLICHER, DASS HOCHGESTELLTE LEUTE SOLIS DARAN HINDERN WOLLTEN, EIN PROJEKT GEGEN IHRE ÜBERZEUGUNGEN AUF DIE BEINE ZU STELLEN.

UND DIE KANDITATUR VON CHARLES FÜR DEN POSTEN DES REKTORS OFFENBARTE MEHR UND MEHR, DASS ER DARIN VERWICKELT WAR. WIE HATTE ER SICH SO VERÄNDERN KÖNNEN, OHNE DASS ICH ETWAS BEMERKTE?

25

VON NUN AN WERDE ICH DIR VERTRAUEN.
ICH DIR AUCH.

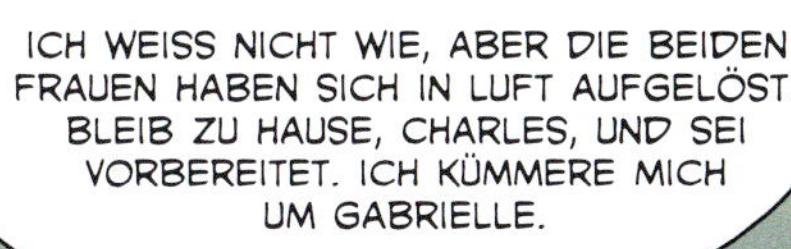

ICH WEISS NICHT WIE, ABER DIE BEIDEN FRAUEN HABEN SICH IN LUFT AUFGELÖST. BLEIB ZU HAUSE, CHARLES, UND SEI VORBEREITET. ICH KÜMMERE MICH UM GABRIELLE.
IHR KÖNNT AUF MICH ZÄHLEN !

621 Chicago-O Hare 10:12 landed
5664 Huston 10:17 landed
2874 Cincinnati 10:27 landed
6422 Atlanta 10:41 on time
Flight From Time Status Flight
Arrivals 10:38

ICH HABE EINE NACHRICHT VON IRA.

Ira Martinez 08:21
call back
delete
ICH BIN ES, IRA. DIE WAHL DES REKTORS WURDE VORVERLEGT UND FINDET HEUTE UM 16 UHR STATT. ICH HABE EINE RATSSITZUNG BIS 14 UHR. LASST UNS DANACH IN YALE TREFFEN!

ES IST SOWEIT. ICH MUSS CHARLES ENTGEGENTRETEN, EIN FÜR ALLEMAL.
ICH KOMME MIT DIR. WENN ER DARIN VERWICKELT IST, IST DEIN LEBEN IN GEFAHR.

DANKE, GABRIELLE. ABER ICH WERDE DIE WAHRHEIT NUR HERAUSBEKOMMEN, WENN ICH IHN ALLEIN SPRECHEN KANN.

SEI VORSICHTIG, SIENNA. SIE SIND ZU ALLEM FÄHIG.
VERSPROCHEN. WAS AUCH PASSIERT, WIR SEHEN UNS IN YALE VOR DER WAHL.

MMHH ?!

28

ELCOME
O THE
YALE
VERSITY
ES GIBT EINE ÄNDERUNG IN DEN PLÄNEN.

ICH MAG KEINE PLANÄNDE-RUNGEN.
ICH AUCH NICHT, ABER ICH HATTE KEINE ANDERE WAHL. SIE MÜSSEN DIE WARE 24 STUNDEN FRÜHER LIEFERN.

WENN SIE WARE FRÜHER WOLLEN, SIE BEZAHLEN FÜNF MILLIONEN MEHR.

CLIKR

LASS SOFORT DIE WAFFE FALLEN!

THUD
ICH HATTE DEN SCHLÜSSEL FÜR DIE HINTERTÜR.

SETZ DICH! ES WIRD ZEIT, DASS WIR BEIDE UNS UNTERHALTEN.
27

... GROSSER TAG FÜR EURE BRUDER-SCHAFT...

IN KAUM ZWEI STUNDEN WIRD DER UNHEILVOLLE PLAN VON SOLIS FÜR IMMER BEGRABEN. YALE WIRD NICHT VERGESSEN, WAS IHR GETAN HABT.
WO BIN ICH ?

DIE DREI MÄNNER, DIE IHR WÄHREND DES BEGRÄBNISSES ÖFFENTLICH BESCHULDIGT HABT, BILDETEN EINE WAHRE BEDROHUNG.
DANK EURER INTERVENTION IST IBRAHIM WIE EIN DIEB IN DER NACHT OHNE SEIN HAB UND GUT GEFLÜCHTET.
322

ICH BIN IN DER HÖHLE DES LÖWEN. DIE GRUFT VON SKULLS & BONES.
GOODRICH IST GEKOMMEN, UM UNS UM VERGEBUNG ZU BITTEN, UND SPADE HÜLLT SICH WIE EIN GUTER ANWALT IN SCHWEIGEN.

DAS PROJEKT VON SOLIS HÄTTE EURE DIPLOME ABGEWERTET...
CLANG
CLANG

AMERIKA GESCHWÄCHT UND UNSEREN FEINDEN WAFFEN GEGEBEN, UM UNS ZU BEKÄMPFEN.

DIE FRAU, DIE HIER GEFANGEN GEHALTEN WIRD, WAR ZU ALLEM BEREIT. IHR WISST, WAS EINEN VERRÄTER IN ZEITEN DES KRIEGES ERWARTET!

KENNST DU MICH NOCH? ICH WAR AN DER SEITE DES ARMEN CROYDON, ALS WIR DICH IN DEN PRIVATRÄUMEN VON SOLIS ÜBERRASCHTEN.
28

WARUM, CHARLES ?
ICH... ICH HABE MICH DARAUF EINGELASSEN, WEIL SOLIS VERRÜCKT WAR. WIR MUSSTEN IHN MIT ALLEN MITTELN AUFHALTEN, ZUM WOHLE UNSERER UNIVERSITÄT.

SCHWELGE NICHT IN SCHÖNEN WORTEN, CHARLES. DU HAST NICHT FÜR YALE GEHANDELT, SONDERN FÜR DICH SELBST, UM REKTOR ZU WERDEN UND DIE SOZIALE ANERKENNUNG ZU KRIEGEN, DIE SO WICHTIG FÜR DICH IST.

ICH WEISS DAS, SEIT ICH DICH GEHEIRATET HABE, WAS FÜR DICH EINEN SOZIALEN AUFSTIEG BEDEUTETE. ICH WAR SO DUMM ZU GLAUBEN, DASS AUCH ECHTE GEFÜHLE MIT IM SPIEL WAREN.
BRING NICHT ALLES DURCHEINANDER, SIENNA. ICH LIEBE DICH, WAS DU AUCH DENKEN MAGST. ABER ALS ICH ENTDECKTE, DASS DU EIN DOPPELLEBEN FÜHRST...

EINES TAGES HABE ICH EIN GESPRÄCH MIT JEMANDEM AM TELEFON MITGEHÖRT. DU SCHIENST VERLEGEN, DASS ICH ETWAS GEHÖRT HABE. ICH DACHTE, DASS DU MICH BETROGST.

DURCH KNIGHT HABE ICH HERAUSBEKOMMEN, WER DU WIRKLICH WARST.
ZAK KNIGHT! ICH HATTE RECHT IHM ZU MISSTRAUEN !

DU HAST KEINE VORSTELLUNG DAVON, WIE MÄCHTIG DIESER MANN IST. ER BEHERRSCHT DEN SCHWACHPUNKT DES PRÄSIDENTEN: SEINE SÜNDIGE SEELE. JEDER WEISS, WIE EINFLUSSREICH ER IN WASHINGTON IST. WENN ER ETWAS WILL, DANN KRIEGT ER ES!

HAST DU VERSTANDEN, WIE ICH ARBEITE? WIE ICH MEINE MISSIONSBEFEHLE ERHALTE?
DIE CIA WAR EIN OFFENES BUCH FÜR IHN: DEINE ROLLE, DEINE DIENSTLEISTUNGEN, DEINE KONTAKTPERSON.

DIE MISSION SOLIS ZU TÖTEN, DAS WAR ER?

ER ERKLÄRTE MIR, WIE ICH DICH KONTAKTIEREN KONNTE, UND LIEFERTE MIR DAS MATERIAL
29

ICH GEBE ZU, DASS ES NICHT SEHR ELEGANT WAR, ABER ICH HATTE KEINE ANDERE WAHL. KNIGHT HAT MICH EINES TAGES KONTAKTIERT. MAN HATTE IHM EINE MISSION ANVERTRAUT.
WER IST "MAN"?

DIE MÄZENE VON YALE. GENAUER GESAGT DAS KOMITEE, DAS DIE SPENDEN VERWALTET. EINE GOLDMINE VON ZEHN MILLIARDEN DOLLAR.

NACHDEM SIE DEN VERWALTER ENTLASSEN HATTEN, DER UNGLÜCKLICHE INVESTITIONEN GETÄTIGT HATTE, BESCHLOSSEN SIE, DEM REKTOR FREIEN ZUGANG ZUM KAPITAL ZU GEBEN, BIS SIE EINEN NEUEN VERWALTER GEFUNDEN HATTEN.

EINIGE ZEIT SPÄTER ENTDECKTEN SIE, DASS ROBERTO SOLIS SEINE MACHT MISSBRAUCHT HATTE.

DAS KOMITEE ERWARTET EINE ÜBERZEUGENDE ERKLÄRUNG VON IHNEN. WIR SIND AUCH ALARMIERT DURCH DIE TATSACHE, DASS SIE IN ABSPRACHE MIT IHREM ANWALT DAFÜR GESORGT HABEN, DASS DIE MACHT PERMANENT WIRD.
ICH VERSTEHE IHRE BESORGNIS, ABER ICH KANN SIE BERUHIGEN. ICH HABE NUR ZUM BESTEN UNSERER EHRBAREN UNIVERSITÄT GEHANDELT.

MEXICO CITY, TRIPOLIS, DAKAR, CARACAS, BOMBAY, SHANGHAI, MOSKAU... STELLEN SIE SICH VOR, DASS ALLE DIESE STÄDTE FILIALEN VON YALE HABEN.
MEXICO
TRIPOLI
YALE
SHANGANI

HUNDERTTAUSENDE VON JUNGEN LEUTEN WERDEN DIESELBE ERZIEHUNG TEILEN, BEREICHERN SICH DURCH IHRE UNTERSCHIEDE, SPRECHEN DIESELBE SPRACHE, DIE DER WISSENSCHAFT. WAS SAGEN SIE DAZU?
MEXICO
TRIPOLI
DAKAR
YALE
CARACAS
BOMBAY
SHANGANI
MOSCOU

DAS KAPITAL DER UNIVERSITÄT ANS AUSLAND VERSCHWENDEN? HABEN SIE DEN VERSTAND VERLOREN, SOLIS?
VERRÜCKT !
UNSINN !
30

GENAU DAS, WAS ICH DACHTE. SO EIN PLAN HÄTTE NIE EINE CHANCE AUF IHRE UNTERSTÜTZUNG GEHABT. DARUM MUSSTE ICH OHNE IHR EINVERSTÄNDNIS HANDELN. BALD WIRD DAS PROJEKT EIN EIGENLEBEN ENTWICKELN.

SOLIS ERZÄHLTE IHNEN, DASS EIN ERSTES GEBÄUDE IN MEXICO CITY GEBAUT WERDEN SOLLTE, SO DASS DIE ÖFFENTLICHKEIT SEHEN WÜRDE, DASS DAS PROJEKT KEIN LUFT-SCHLOSS WAR UND SIE DAS ÜBERZEUGT ES ZU UNTERSTÜTZEN.

ABER WIR LASSEN DIESEN PLAN SOFORT STOPPEN.
RUFT DIE SICHERHEIT!
WARTEN SIE EINEN MOMENT. ICH HATTE DIESE REAKTION ERWARTET. ALS ICH DIE SPEN-DEN DURCHFORSTET HABE, HABE ICH BEUNRUHIGENDE SACHEN ENTDECKT.

EINIGE SPENDEN SIND SO AUFGEBLASEN, DASS SIE MEHR EIN FISKALER VORTEIL SIND ALS EINE SPENDE. IN BESTIMMTEN FÄLLEN KOMMEN SIE VON EINER GESELLSCHAFT, ABER DAFÜR BEKAM DERJENIGE, DER DEN TRANSFER GENEHMIGT HAT, EINE KOMMISSION.

MUSS ICH NOCH MEHR SAGEN, MEINE HERREN?
GUT. WENN SIE MICH NICHT MEHR BRAUCHEN, MEINE HERREN, ICH HABE HEUTE EINEN ZIEMLICH VOLLEN TERMINPLAN.

SCHACHMATT. GUT GESPIELT, SOLIS !
JA, GUT GESPIELT. AUSSER DASS, SOBALD DIE TÜR ZU WAR, DER GEGENANGRIFF IN DIE WEGE GELEITET WURDE.

DIESES PROJEKT BILDET EINE REALE GEFAHR. WIE KÖNNEN WIR, IN DIESER PERIODE DER DEZENTRALISIERUNG, VOR DEM ABENDLAND NOCH FUNKTIONEN BEANSPRUCHEN, DIE EIN GEHALT RECHT-
SIND.
UND WIE KÖNNTE SICH JEMAND HERVORHEBEN, WENN SEINE ERZIE-HUNG IN GROSSEM MASSE MIT DEM REST DER WELT GETEILT WIRD?
MEINE HER-REN, ES GEHT NOCH VIEL WEITER ALS

DIE APOKALYPSE DES JOHANNES IST DABEI SICH ZU VERWIRKLICHEN. ES WIRD GESAGT, DASS EIN MANN PLÖTZLICH IN DEN VORDER-GRUND TRITT. DIESER MANN KANN DIE GANZE WELT VERFÜHREN MIT DER LIST EINE RELIGION
31

ICH MACHE MICH AUF DIE SUCHE NACH DEM MANN, DER DIESES PROJEKT NIEDERREISST UND DIE ORDNUNG WIEDER HERSTELLT. ICH HABE GENAU DEN MANN, DEN WIR BRAUCHEN. CHARLES MANDEVILLE. SIE KENNEN IHN SCHON SEHR GUT ALS PROFESSOR IN WIRTSCHAFTSRECHT.

NA LOS, KOMM ! ZEIG MIR, WIE WILLIG DU VÖGELN KA...

AAAH!
STOK!

ARHH!

SORRY, ABER DIE DEVOTE ART...

... MACHEN WIR EIN ANDERMAL !
VLAF!

UND JETZT SO SCHNELL WIE MÖGLICH WEG HIER!

MEINE FREUNDE, ICH APPELLIERE NOCH MAL AN EUCH. DER SIEG IST NAH, UND WIR VERGESSEN NIE DIE, DIE AN UNSERER SEITE WAREN, ALS WIR SIE BRAUCHTEN.

DER SIEG IST ZUM GREIFEN NAH!

33

ES GIBT EINE SACHE, DIE NICHT PASST, CHARLES. ICH WUSSTE, DASS DU EHRGEIZIG WARST, ABER NICHT GENUG, UM DAFÜR ZU TÖTEN DEINE ZIELE ZU ERREICHEN. GAB ES EINEN ANDEREN GRUND, WARUM SOLIS VERSCHWINDEN MUSSTE?
WOVON SPRICHST DU?

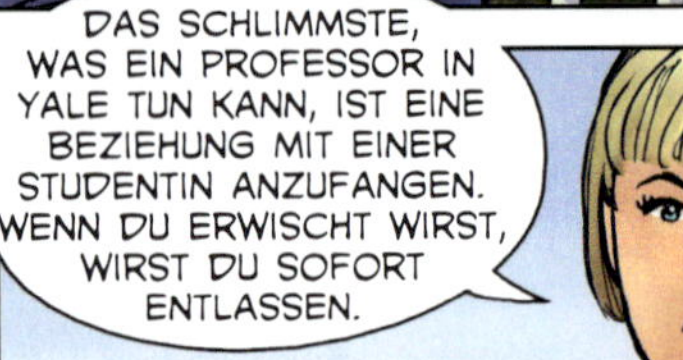
DAS SCHLIMMSTE, WAS EIN PROFESSOR IN YALE TUN KANN, IST EINE BEZIEHUNG MIT EINER STUDENTIN ANZUFANGEN. WENN DU ERWISCHT WIRST, WIRST DU SOFORT ENTLASSEN.

IST ES DAS, WORÜBER WIR REDEN, CHARLES?
ICH HABE DICH NIE BETROGEN.

NICHT MAL MIT GABRIELLE?

WIE NAIV! ICH WETTE, DASS KNIGHT DAS MÄDCHEN BEZAHLT HAT.

SOLIS HATTE KEINE ANDERE WAHL. ER MUSSTE DICH ENTLASSEN. UND DU WARST ZU ALLEM BEREIT, UM IHN LOSZUWERDEN.
WIRST DU...

... WOHL SCHWEIGEN?
VLAF!

HA?!
CRASH!

DU HAST MICH IMMER UNTERSCHÄTZT, SIENNA. DU HATTEST UNRECHT!

WENN NOCH ETWAS VON UNSERER LIEBE ÜBRIG IST, TU ES NICHT !
34

POW
CRASH!

TIIT
TIIT

CHARLES! WO BLEIBST DU, ZUM TEUFEL? DIE WAHL BEGINNT IN WENIGEN MINUTEN!
ICH... ICH KOMME SOFORT.
...UND SIENNA?
MISSION AUSGEFÜHRT.

ROOAAR

?

CHARLES! HOFFENTLICH KOMME ICH NICHT ZU SPÄT !

SIENNA !
35

SIENNA ?

OH! NEIN!

ARHF !

ARRH !
ICH HABE WIRKLICH GEGLAUBT, DIESMAL...

WAS GLAUBST DU, WAS SIE UNS BEI DER CIA BEIBRINGEN?
SCHON KLAR, ABER DEINE KUGELSICHERE WESTE HAT DICH NICHT DAVOR BEWAHRT BEWUSSTLOS ZU WERDEN UND FAST ZU ERTRINKEN...
36

BITTE NEHMEN SIE PLATZ. WIR FAHREN FORT MIT DER WAHL DES NEUEN DEAN UNSERER UNIVERSITÄT.

WIR FANGEN SOFORT AN. FRAU BLOOM DARF ALS ERSTE SPRECHEN.
GUTER GOTT, WO BLEIBEN SIE NUR?

ICH HABE ROBERTO SOLIS SEHR BEWUNDERT UND BIETE MICH AN SEIN WERK FORTSETZEN.

ER IST UNTER VERDÄCHTIGEN UMSTÄNDEN UMS LEBEN GEKOMMEN, IM ZUSAMMENHANG MIT EINEM PROJEKT, DAS FÜR DIE UNIVERSITÄT REVOLUTIONÄR SEIN SOLLTE. ZWEI FRAUEN HABEN EINE UNTERSUCHUNG ÜBER DIESES PROJEKT GEFÜHRT. SIE SOLLTEN JEDEN AUGENBLICK HIER SEIN.
WIR KENNEN NICHT ALLE DETAILS DIESES PROJEKTS, ABER WIR WISSEN SCHON, DASS ES EIN SEHR NOBLES PROJEKT IST.
ES UMFASST DEN BAU VON EINER ODER MEHREREN FILIALEN VON YALE IN MEXIKO UND ZWEIFELLOS AUCH ANDERSWO.

DIESES PROJEKT BERUHT AUF EINER NEUEN VISION FÜR DIE WELT: DAS WISSEN ZU TEILEN ANSTATT ES EIFERSÜCHTIG FÜR SICH ZU BEHALTEN WIRD NACHHALTIG ZUM FRIEDEN UND WOHLSTAND BEITRAGEN.
WENN SIE FÜR MICH STIMMEN, VERSPRECHE ICH IHNEN HIERMIT, DAS PROJEKT ZU EINEM GUTEN ENDE ZU FÜHREN.

SIE HABEN DAS WORT, CHARLES.
IRA BITTET DARUM, FÜR SIE ZU STIMMEN AUF BASIS EINES TODES, DER IHR VERDÄCHTIG ERSCHEINT, UND EINES PROJEKTS, WOVON SIE DIE DETAILS NICHT KENNT, DAS SIE ABER FÜR NOBEL HÄLT.
SIE PREIST EINE VISION AN, DIE SICH UM DAS EINSEITIGE TEILEN UNSERES WISSENS DREHT, IN EINEM MOMENT, WO AMERIKA EINE DER SCHWIERIGSTEN PERIODEN SEINER GESCHICHTE DURCHMACHT.

WIR SOLLTEN MIT SOLCHEM GEREDE AUFHÖREN! ICH WERDE DAFÜR SORGEN, DASS DIESE UNIVERSITÄT AN IHREN WERTEN FESTHÄLT. ICH ÜBERLASSE DIE BEUTE NICHT ANDEREN. YALE BLEIBT YALE.
37

SIEH MAL!

UNMÖGLICH VORBEIZUKOMMEN!

MEINE DAMEN UND HERREN, WIR FAHREN NUN FORT MIT DER ABSTIMMUNG PER HANDZEICHEN. ICH ERINNERE DARAN, DASS DIE EINFACHE MEHRHEIT GEWINNT.

FÜR IRA BLOOM HEBEN SIE BITTE JETZT DIE HAND.

LASST UNS DURCH!
SIEBEN STIMMEN FÜR FRAU BLOOM. NUN BITTE DIE HANDZEICHEN FÜR CHARLES MANDEVILLE.

38

ICH SCHIESSE AUF DEN ERSTEN, DER VERSUCHT UNS ZU FOLGEN!

HIERMIT ERKLÄRE ICH SIE ZUM NEUEN REKTOR VON YALE. HERZLICHEN GLÜCK-WUNSCH.

DIESE AKTE ENTHÄLT ALLE DETAILS UND GEHEIMEN CODES, DIE SIE BENÖTIGEN, UM IHRE FUNKTION AUSZUÜBEN.

AUFHÖREN!
?

SIENNA! ABER... WIE...?
DAS NENNST DU EINE AUSGEFÜHRTE MISSION ?
WIR GEHEN ZUM HINTERAUSGANG. DIES IST NICHT DER MOMENT FÜR EINE ÖFFENTLICHE KONFRONTATION.

BEEIL DICH, SIE SIND DA LANG!

SCREEEEEE
39

WIR IST ES MÖGLICH, DASS SIENNA NOCH LEBT? WIR MÜSSEN ALLES NOCH MAL MACHEN.
WIR HABEN ANDERE PRIORITÄTEN. GIB MIR DIE AKTE!

DIE AKTE? WAS HABEN SIE VOR?
STELL KEINE NUTZLOSEN FRAGEN, CHARLES. GIB MIR SOFORT DIE AKTE!

IHRE HILFE WAR VON UNSCHÄTZBAREM WERT. ICH BIN MIR BEWUSST, DASS ICH OHNE SIE NIE GEWÄHLT WORDEN WÄRE. ABER DIE INFORMATIONEN IN DIESER AKTE SIND NUR FÜR DEN REKTOR DER UNIVERSITÄT BESTIMMT.
STELL MEINE GEDULD NICHT AUF DIE PROBE!

DA GIBT ES ÜBRIGENS NOCH ETWAS, WAS ICH MICH SCHON DIE GANZE ZEIT FRAGE. DIE STUDENTIN, DIE MICH FAST MEINEN JOB GEKOSTET HÄTTE, KENNEN SIE DIE?
WOVON SPRICHST DU?

ES MUSS WOHL SO GEWESEN SEIN. SIE HAT NICHT VIEL VERLANGT, UM SICH VERFÜHREN ZU LASSEN. DANACH SORGTEN SIE DAFÜR, DASS SOLIS DAVON ERFUHR. MEIN SCHICKSAL LAG VON DA AN GANZ IN IHREN HÄNDEN.

DU BIST SCHLIESSLICH DOCH NICHT SO DUMM, WIE MAN DENKT. VERGISS SOLIS UND SEIN NUTZLOSES PROJEKT. VERGISS DIE UNIVERSITÄT VON YALE, CHARLES.
WAS WOLLEN SIE DAMIT SAGEN?

DIE PROPHEZEIHUNG HAT BEGONNEN SICH ZU VERWIRKLICHEN. WIR KÖNNEN NICHTS ANDERES TUN, ALS GOTT BEI DEM, WAS UNUMKEHRBAR IST, ZU HELFEN.

DAS JÜNGSTE GERICHT! CHRISTUS WIRD DIE, DIE IHN VEREHREN, ZU SICH RUFEN. DAS EWIGE LEBEN LIEGT ENDLICH ZUM GREIFEN NAH!

SIE SIND GEFLÜCHTET WIE DIEBE. WAS HABEN SIE VOR?
RROOAAR
40

SIE FAHREN RICHTUNG FLUGHAFEN. WIR NEHMEN EINE ABKÜRZUNG, UM SIE EINZUHOLEN!

DIE ARMEE VON CHRISTUS STEHT VOR DER LETZTEN KONFRONTATION MIT DER ARMEE VON SATAN. DER PRÄSIDENT WEISS, DASS DAS SCHICKSAL DES LANDES VON SEINEM WILLEN ABHÄNGT UNSERE ARMEE IN DIESEM KONFLIKT ZU VERPFLICHTEN. CHRISTUS IST DEUTLICH: DIE, DIE NICHT FÜR IHN SIND, SIND GEGEN IHN!
ABER DER PRÄSIDENT IST SCHWACH UND WAGT NICHT DEN KONFLIKT ANZUGEHEN. ALSO MÜSSEN WIR IHM HELFEN. ICH HABE KONTAKT MIT ALTEN SOWJETISCHEN MILITÄRS AUFGENOMMEN, DIE VON DEM ZUSAMMENBRUCH DER UDSSR PROFITIERT HABEN, UM SICH ANGEREICHERTEN URANS ZU BEMÄCHTIGEN.

100 MILLIONEN DOLLAR. SIE LIEFERN, SOBALD DAS GELD ÜBERWIESEN IST.
LIEFERN AN WEN?
AN DIE SÖLDNER, DIE IM DIENST DES IRAN STEHEN.
SIE LIEFERN AN DEN IRAN DAS MATERIAL, DAS MAN BRAUCHT, UM EINE ATOMBOMBE ZU BAUEN?

ROOSEVELT WUSSTE, DASS DIE JAPANER PEARL HARBOUR ANGREIFEN WÜRDEN UND ER HAT NICHTS GESAGT, WODURCH TAUSENDE MENSCHEN STARBEN, WEIL ES DER EINZIGE WEG WAR, UM AMERIKA IN DEN KRIEG ZIEHEN ZU LASSEN. WIR TUN DASSELBE.

BERUHIGE DICH. ES IST KEINE GROSSE MENGE. ABER ES REICHT, UM EINE BOMBE WIE DIE AUF HIROSHIMA ZU MACHEN.

SIE SIND VOLLKOMMEN VERRÜCKT, KNIGHT! DAS GELD VON YALE WIRD NICHT FÜR SO EINEN WAHNSINNIGEN PLAN VERWENDET. NICHT SOLANGE ICH REKTOR BIN!

BANG!
SCHADE FÜR DICH, CHARLES.

SCHNELL. DIE KONTONUMMER UND
41

ICH HOFFE NUR, DASS WIR UNS NICHT GETÄUSCHT HABEN.

DA! DAS IST IHR WAGEN!

HALT DICH FEST!
ROOARR

ALLES IN ORDNUNG. DAS URAN IST AKTIV.

DER TRANSFER KANN STATT-FINDEN.

ICH VERANLASSE DIE ÜBERWEISUNG DES GELDES SOFORT.

BLAM!
42

BANG!

CRASH!

PAW!

WENN ER SICH BEWEGT, SCHIESS!
IHR SEID ZU SPÄT. NICHTS KANN DEN LAUF DER DINGE JETZT NOCH AUFHALTEN.

CHARLES!

SIEHST DU NUN, WOHIN UNS DEIN IRRSINN GEFÜHRT HAT?
ES IST KNIGHT... TELEFON... URAN FÜR IRAN...
43

MEIN GOTT! HOFFENTLICH HATTEN SIE NICHT GENUG ZEIT...

INSTRUKTIONEN GUT EMPFANGEN. DAS ZIEL IST IN DREI MINUTEN.

LN
012
US NAVY

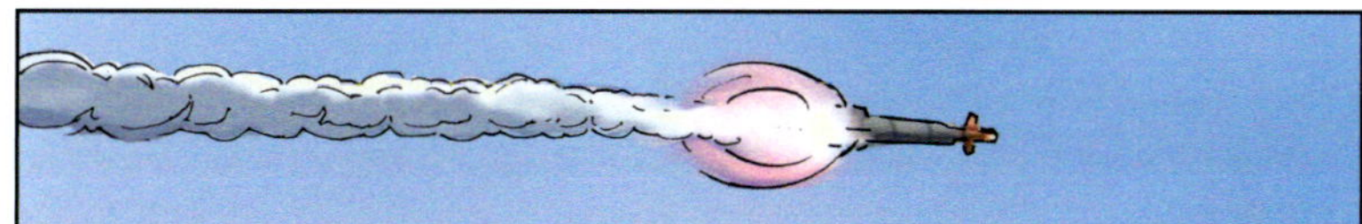

A - G MAN NARO OVRD NT
SP
CZ
TGT
LSCD
MISSION AUSGEFÜHRT!

ALLES KOMMT WIEDER IN ORDNUNG, MICHAEL. DERJENIGE, DER UNSERE KOMMUNIKATIONSLEITUNG UNTERBROCHEN HAT, KANN UNS NICHT MEHR BEHINDERN!
45

DIESE UNIVERSITÄT MUSSTE IN DEN LETZTEN WOCHEN EINIGE PRÜFUNGEN BESTEHEN. ABER HEUTE, NACH EIN PAAR URLAUBSTAGEN UND NACHDEM DIE RUHE IN UNSERE EHRBARE INSTITUTION ZURÜCKGEKEHRT IST...

BIN ICH STOLZ DIE HAND DER NEUEN REKTORIN UNSERER WUNDERBAREN UNIVERSITÄT ZU DRÜCKEN.

ROBERTO SOLIS HATTE UNRECHT SEIN PROJEKT EINZUFÜHREN OHNE VORHER MIT DER ÖFFENTLICHKEIT DARÜBER ZU REDEN. WIR WISSEN, WAS FÜR EINEN PREIS ER DAFÜR BEZAHLT HAT. ABER DIESES PROJEKT ENTHÄLT DAS BESTE, WAS AMERIKA ZU BIETEN HAT.

DEN GLAUBEN AN DEN MENSCHEN UND SEINE FÄHIGKEIT SICH WEITERZUENTWICKELN.
UND VERTRAUENSVOLL IN DIE ZUKUNFT ZU BLICKEN, SO DUNKEL DIE WOLKEN AUCH SEIN MÖGEN.

YALE WURDE AUF DIESEN PRINZIPIEN AUFGEBAUT. PRINZIPIEN VON VERTRAUEN UND NICHT VON ANGST. WIR WERDEN ALLE STÄRKER AUS DIESEM PROJEKT HERVORGEHEN. DAS GARANTIERE ICH IHNEN.

ES LEBE YALE, ES LEBE AMERIKA.
ES LEBE DIE WELT, DIE NOCH ETWAS LÄNGER AUF DAS JÜNGSTE GERICHT WARTEN KANN.

SOLIS, GALLARDO. ICH HABE DIE BEIDEN WICHTIGSTEN MÄNNER IN MEINEM LEBEN VERLOREN. ICH FÜHLE MICH VERLETZBAR, JETZT WO SIE NICHT MEHR DA SIND, UM MICH ZU LEITEN.
DU KOMMST DARÜBER HINWEG.

MEIN EHEMANN WOLLTE MICH UMBRINGEN. DIE, AN DIE ICH GLAUBTE, SCHLOSSEN DIE AUGEN VOR DEM MORD AN EINEM MANN, DER NUR SCHULDIG WAR, UNSERE REICHTÜMER MIT DEN ARMEN TEILEN ZU WOLLEN. UND SIE NANNTEN SICH CHRISTEN!
ICH GLAUBE, DU WIRST DAS VERKRAFTEN!

ICH SAH AUF DEN ERSTEN BLICK, DASS WIR GUT ZUSAMMEN PASSEN!
DAS IST MIR AUCH SOFORT IN DEN SINN GEKOMMEN!
FIN
46

Desberg bei EPSiLON

16

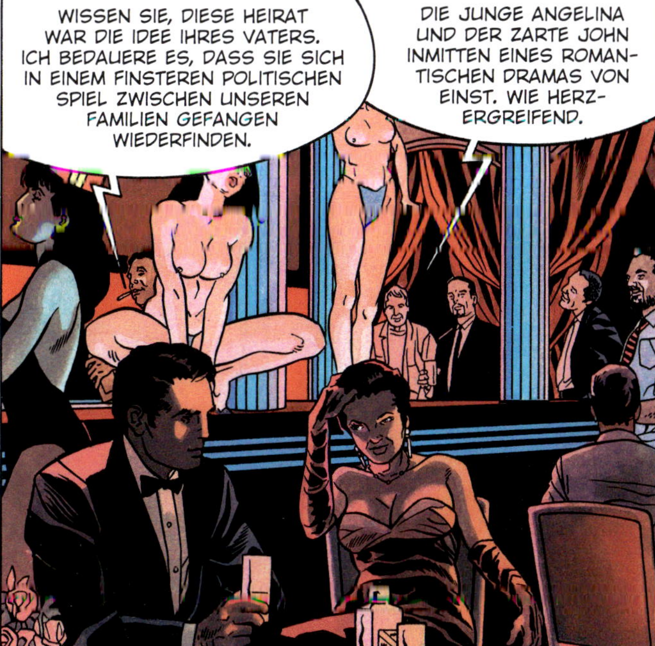

TOSCA

Szenario:
Stephen Desberg
Zeichnungen:
Francis Vallès
Kolorierung:
Marie-Paule Alluard
144 Seiten, HC
32 x 24 cm, vf

ISBN 978-3-932578-86-1

30,- € (D)